GALERÍA DE ARTE BOTELLO

María José Jiménez

Aliarediciones

Corrección: Eladia Guerrero
Diseño de cubierta: Jaime Galisteo
Maquetación: Aliar Ediciones

Depósito Legal: GR 445-2024
ISBN: 978-84-10155-78-7

Impreso en España

Edita
ALIAR Ediciones
www.aliarediciones.es
info@aliarediciones.es

GALERÍA DE ARTE BOTELLO

María José Jiménez

A ellos, Manuel y María

CAPÍTULO 1

Fernando al verla entrar en el restaurante con su vestido ceñido color fucsia y el pelo sobre la cara, dudó de si sus palabras serían convincentes. Se levantó y la besó en la mejilla. Miriam se sentó a la mesa dibujándole su cautivadora sonrisa.

—Estás bellísima —dijo, clavando su mirada en la de ella.

—Sin embargo, yo advierto algo extraño en tu rostro.

Fernando le cogió la mano suave y de agradable tacto, y agachando la mirada dijo:

—Tengo algo que decirte.

—Me estás asustando. ¿Qué ocurre? —preguntó inquieta.

Miriam después de oírlo, con los ojos abiertos como quien no cree lo que acaba de oír, dijo:

—No eres sincero conmigo, hay otra mujer en tu vida.

No le bastaron las razones que le había dado, necesitaba algo más para romper una relación de dos años.

—Sabes que eso no es cierto —insistió Fernando—. Santiago empieza a sospechar, he visto cómo nos mira cuando hablamos.

—Jamás me ha dicho nada —dijo Miriam retirando la mano de la suya.

—Espera cogernos en un descuido. El otro día en la galería me hizo demasiadas preguntas, tú estabas entre ellas...

Miriam, con el corazón roto y la voz dolida, exclamó:

—No puedes pedirme que sea solo tu amiga. Necesito más de ti. Únicamente me siento mujer contigo.

—Lo nuestro se acabó, no podemos continuar. Debemos poner tierra por medio.

—¿Y me dejas así sin más? —dijo ella levantando la voz.

—No me lo pongas más difícil, Miriam. ¿Crees que yo no estoy sufriendo? Tomar esta decisión no ha sido fácil, pero es la mejor.

—¿Qué piensas hacer ahora? —preguntó, con los ojos empañados de lágrimas.

—Dejo Madrid —contestó Fernando acariciándole la mejilla.

Miriam retiró la cara y le apartó la mano.

—Huyes como un cobarde.

—Lo hago por ti.

—¡¿Que lo haces por mí?! —exclamó.

—Sí. Lo hago por ti, porque te quiero.

Tras pronunciarse Fernando, se hizo un silencio tan denso que ninguno de los dos se atrevía a respirar para no romperlo. El silencio empezaba a incomodarlos y fue Miriam la que reaccionó cogiendo la copa y bebiéndose el vino que le quedaba. Ese trago de vino fue para ella el más amargo que jamás había tomado. Y, como el que no quiere hacer una pregunta, pero necesita oír la respuesta, preguntó a Fernando:

—¿Adónde te irás?

—No sé, aún no lo he pensado.

—¿Sabe Santiago lo de tu marcha?

—Se lo diré en la galería esta tarde, le prometí una pintura.

Miriam, doblando varias veces la servilleta de papel, preguntó:

—¿Cuál le vas a llevar?

—*Amanecer*.

Miriam abrió los ojos sin dar crédito y, mirándolo fijamente, añadió:

—No te basta desprenderte de mí, también quieres desprenderte del cuadro.

—No digas eso, me duele.

—Te duele, dices. ¿Qué me estás haciendo tú? ¿Crees que puedo olvidar lo nuestro, así como así? —Se sirvió otra copa de vino y con rencor en la voz añadió—: ¿Recuerdas? Santiago estaba en Japón y yo fui a tu estudio a darte un recado de su parte. Tú me invitaste a una copa y luego me pediste que posara desnuda para ti, era la primera vez que posaba para alguien y en ningún momento me sentí incómoda porque me miraban solo tus ojos, dejaste el pincel y viniste a mí, fue nuestro primer encuentro, pronto vinieron muchos más. Un día en la cama te pregunté por qué no terminabas el rostro de la mujer desnuda sentada a la orilla del mar contemplando el atardecer, a la que yo presté mi cuerpo. Tú me dijiste que estaba como debía estar. Ahora comprendo que solo he sido para ti un cuerpo.

—Sabes que eso no es cierto, no hay más mujer que tú en mi vida.

En lo que duró la conversación a Miriam se le ajó la tersura de la piel.

—Entonces no lo entiendo.

—No hay nada que entender, lo nuestro se ha terminado.

Miriam lo miró como quien mira algo infecto, y levantándose llamó al camarero.

—La cuenta, por favor.

—Aquí tiene la cuenta, señora.

Miriam sacó del bolso el monedero y le dio cuarenta euros.

—El resto se lo pagará el caballero.

Miriam, con su andar seductor, salió del restaurante y de la vida de Fernando.

Fernando fue a su estudio. Estudio que ya no volvería a ser su nido de amor. Al entrar se le antojó que había empequeñecido, aún olía a la fragancia de Miriam. Miró el diván recordando la primera vez que la vio desnuda. Era capaz de dibujar su cuerpo con los ojos cerrados. Se sirvió un *whisky* y recorrió con la mirada cada una de las pinturas que colgaban de la pared, deteniéndose en su *Amanecer.*

***

La Galería de Arte Botello ocupaba los bajos de uno de los edificios más emblemáticos del centro de Madrid. Era una de las galerías de arte más prestigiosas de España. Pintores del país y del extranjero soñaban con exponer allí sus obras. Fernando tenía el honor de ser unos de los artistas más expuestos en la galería. Su relación con Santiago, el dueño, venía de cinco años atrás. No llegaban a ser auténticos amigos, pero sí había afinidad entre ellos. Le había prometido una de sus pinturas para la exposición donde se acogían obras de los mejores pintores de la última década.

Entró en la galería y Santiago al verlo dejó lo que estaba haciendo, fue hacia él y emocionado exclamó:

—¡Veo que traes el cuadro!

Cuando Fernando dio por finalizada la pintura le mostró una foto. Santiago tan fascinado quedó al verla que desde ese día soñaba con tenerla colgada en su galería.

—Lo prometido es deuda.

—Pensé que este momento nunca llegaría.

—Ya ves, a todo le llega la hora.

—¿No te cuesta desprenderte de ella? —dijo, recreándose en el cuadro.

La idea de que Santiago sospechaba algo se hacía más fuerte en Fernando.

—Hermosa pintura —añadió—. Desde mi punto de vista, el color rojizo del agua desvela el rostro de la modelo.

—La interpretación en el arte es libre —sentenció Fernando.

Estas últimas palabras de Santiago descubrieron a Fernando que él sí le había puesto rostro a la mujer.

—La pondremos en un lugar privilegiado, quiero que todo el mundo contemple a la mujer sin rostro, quizá no lo pintaras para ocultar su vergüenza.

Fernando calló, cuanto dijera lo delataría. Santiago volvió a hacerle la misma pregunta.

—¿No te cuesta desprenderte del cuadro?

—La belleza es para exhibirla, y dónde mejor que aquí.

—Luego regresará a tus manos —dijo el dueño de la galería vuelto de espaldas.

—Es tuya, acéptala como mi regalo de despedida.

Santiago se volvió, y con la pintura aún en las manos lo interpeló:

—¿Despedida?

—Sí, me voy de Madrid, un cambio me vendrá bien.

—¿Se lo has dicho a Miriam?

Fernando vio que era una pregunta trampa.

—¿Por qué habría de decírselo?

Aunque Santiago tenía la respuesta se la calló, sin embargo, dijo:

—Voy a perder a uno de los mejores exponentes. Sin ti la galería no será la misma, pero me alegro de la decisión que has tomado.

—Espero no arrepentirme.

—Estoy seguro de que no lo harás —dijo, echándole el brazo por encima.

—Ya me estoy arrepintiendo.

—¿Cuándo te marchas?

—Quiero salir mañana temprano.

—¿Adónde vas? —preguntó, con un brillo especial en los ojos.

—A cualquier lugar lejos de Madrid.

A la voz de Jacobo, Santiago dijo a Fernando:

—Ya está aquí Rodríguez Peláez, voy a saludarlo.

Al día siguiente, aún de madrugada, Fernando salió de Madrid con su mochila, el maletín de pinturas y el bloc de apuntes, dejando atrás su historia con Miriam. Sin rumbo señalado tomó la autovía A31 como podía haber tomado otra cualquiera. En la provincia de Albacete se le paró el coche en la carretera después de haber oído un chasquido en el motor. Empujándolo consiguió llevarlo al arcén y enojado consigo mismo llamó a la aseguradora dando parte de la avería. Le informaron de que todos los coches de auxilio en carretera estaban prestando servicio y tendría que esperar. Fernando pensó que su idea de salir huyendo de Madrid no había tenido un buen comienzo, además, ni siquiera sabía a dónde iba.

De un Renault negro que paró en el arcén junto al coche de Fernando se bajó un joven.

—Amigo, ¿necesitas ayuda?

—Se me ha parado, no sé qué le ocurre. Llevo dos horas esperando la grúa.

—¿Adónde te diriges?

—Buena pregunta —contestó Fernando, mirando a ambos lados de la carretera.

—Tengo un amigo dueño de un taller de coches en la entrada de Albacete, si quieres puedo llamarlo para que le eche un vistazo.

—Estupendo. Me llamo Fernando.

—A mí los amigos me llaman Leo. ¿De dónde vienes?

—De Madrid.

Leo se retiró un poco e hizo una llamada, al regresar traía cara de satisfacción.

—Solucionado, mi amigo vendrá.

—¡Magnífico!

Al poco rato se vio venir el coche grúa.

—Ahí viene —dijo Leo.

La grúa se detuvo y se bajó un hombre algo mayor que ellos con una pequeña cicatriz en el pómulo izquierdo.

—Él es Pedro —dijo Leo.

—Veamos qué le pasa al coche.

Pedro abrió el capó y miró el motor.

—Tengo que llevarlo al taller y mirarlo por debajo.

—¿Estará listo hoy? —preguntó Fernando.

—¡Imposible! Si es lo que me temo, tardaré al menos de dos a tres días —afirmó Pedro, cerrando el capó del coche.

—Entonces se trata de una avería grande —dijo Leo.

—En ese caso esperaré a que la compañía me mande la grúa y lo llevaré a Madrid —dijo Fernando mirando a Pedro.

—Si quieres puedes quedarte en mi casa mientras Pedro te lo arregla, vivimos en Alicante, en la montaña, te gustará el paisaje —le dijo Leo echándole el brazo por encima.

—No me gustaría ser una molestia.

—Nada de eso.

—Está bien, qué más da, voy sin rumbo fijo. Cogeré mis cosas del coche —dijo Fernando.

Pedro subió el coche en la grúa y Leo le dio algunas instrucciones. Fernando vio cómo se llevaban su coche.

Dentro del Renault había una joven.

—Es Lucía, mi pareja. Él es Fernando y viene con nosotros —dijo a Lucía.

Fernando se sentó en el asiento de detrás. Leo le dijo algo a Lucía en un dialecto francés. Poco a poco la conversación entre la pareja fue acalorándose hasta el punto de sentirse Fernando incómodo.

—Perdona, tratábamos un tema familiar en el que nunca nos ponemos de acuerdo —dijo Leo mirándolo a través del espejo del coche.

—Descuida, a veces los temas familiares es mejor no tocarlos.

—Entramos en Alicante, queda poco para llegar.

Atravesaron la ciudad y al salir de Alicante cogieron una carretera comarcal poco transitable que los llevó a la playa.

—Mira, la casa está allí arriba —dijo Lucía señalándole una casita que había en lo alto de un monte.

Subieron una larga cuesta hasta llegar a un monte de pinos.

—Hemos llegado —dijo Leo.

La casita que se veía desde abajo era grande y de dos plantas, rodeada de pinos y de flora silvestre. Desde allí se divisaba toda la Costa Blanca.

—Entremos —dijo Lucía.

Primero lo hizo ella, Fernando detrás y después Leo, que se ofreció a llevarle el equipaje.

—Deseo que te encuentres a gusto entre nosotros. Considérate en tu casa —dijo la joven.

—Gracias. Espero disponer pronto del coche.

—¿A qué te dedicas? —preguntó ella.

—Soy pintor.

—¿Y vosotros?

—Leo es compositor y director y yo toco el violonchelo en una sinfónica.

—Bello instrumento —afirmó Fernando.

—Si te apetece, puedes dar un paseo por la pineda, comeremos dentro de una hora —dijo Leo, dejando el equipaje en el suelo.

—Sí, me llenaré los pulmones de aire puro.

Los pies de Fernando, hechos al asfalto, se sentían dichosos al caminar sobre la cama de agujas de pino. El trino de los pájaros era melodioso, pausado, y aunque hacía frío no le molestaba el roce del aire en la cara. Hasta las repulsivas arañas le parecían distintas. En lo alto del pinar la línea entre cielo y mar se confundía. Deleitosa estampa que el pintor atesoró en su retina.

Regresó a la casa más relajado y con otro espíritu. La naturaleza le afirmó que su vida necesitaba un cambio, del que ya había dado el primer paso: salir de la vida de Miriam y de Madrid. El segundo sería hacer que en su pintura fluyera la belleza por sí misma, y para eso debía despejarse la mente.

Lucía demostró ser una excelente cocinera, así el invitado se lo hizo ver. Fernando echó de menos la presencia de un violonchelo y dijo:

—Me gustaría oírte tocar en algún momento.

Ella se levantó de la mesa y como si no lo hubiera oído preguntó:

—¿Café o infusión?

—Yo tomaré lo mismo que vosotros —dijo Fernando.

—Tomamos té de flores —dijo ella.

—Entonces tomaré té de flores.

Fernando aceptó tomar té sin saber que asistiría a una ceremonia.

—Pasemos a la salita —dijo Leo, indicándole que se quitara los zapatos.

En la sala, cuyo suelo era de tatami, en un extremo había una mesita baja rodeada de cojines.

—Siéntate ahí —dijo Leo, señalando un cojín verde oscuro con un dragón bordado.

Imitando a Leo se sentó en la postura *sukhasana,* con las piernas cruzadas. De fondo se oía música oriental.

Quizá fuese para impresionar a Fernando o quizá fuera siempre así, pero Lucía entró vestida con un quimono de seda rojo como los que llevan las *geishas*. Se sentó de rodillas sobre los talones, postura *seiza,* y comenzó el *chanoyu,* ceremonia del té.

Primero sirvió al invitado y, al inclinarse, a través de la abertura del quimono, Fernando pudo ver que estaba desnuda y sintió que las mejillas le ardían. Lucía dejó ver con notable sensualidad la parte interna de su muñeca, igual que hicieran las *geishas* para seducir a los clientes. Al pintor le vino a la cabeza la escena de la película donde Sayuri servía el té en una de aquellas *chashitsu,* o casas de té, que había en Gion, Kioto.

Fernando no tomó el té sentado, sino flotando en la magia que Lucía había creado.

Finalizado el ceremonial, dijo Leo:

—Tenemos una cabaña un poco retirada de aquí, Lucía y yo hemos pensado que puedes quedarte en ella el tiempo que desees. ¿Qué dices?

Fernando lo consideró una buena idea. Era el lugar idóneo para trabajar y sacarse a Miriam de la cabeza.

—El ofrecimiento es bastante tentador, pero quiero contribuir con los gastos.

—Olvídate de eso. Puedes instalarte si quieres ahora mismo.

Lucía se quitó el quimono y regresó vestida como estaba antes de iniciar la ceremonia.

—Haremos vidas independientes, cada uno tenemos nuestros quehaceres —dijo ella.

—Por mí no tenéis que preocuparos.

La cabaña estaba a mano izquierda del camino que había tomado Fernando para ir al pinar. Desde allí se veía el mar.

—Gracias, es perfecta para mí —dijo Fernando.

—En la nevera hay bebidas —indicó Leo.

La pareja se marchó y Fernando se quedó solo. El lugar era idílico, lugar perfecto para pintar la naturaleza. Después de beberse una botella de agua se echó en la cama, cuando despertó la sombra de la noche atravesaba los cristales de la ventana. El silencio que envolvía aquella fascinante estancia se rompió con el toque de unos nudillos en la puerta; a tientas encendió la luz y abrió.

—Hola, ¿puedo pasar? —dijo Lucía.

—Estás en tu casa.

—Toma esto, tal vez te apetezca para cenar.

—No debiste molestarte, almorcé bastante bien.

—No es ninguna molestia, quiero... queremos que te sientas con ganas de no marcharte de aquí.

Lucía se había cambiado de ropa, llevaba unos vaqueros estrechos y una camiseta ajustada que marcaba sus pechos. Mojándose los labios, lo miró con tal furor a los ojos que él tuvo que parpadear porque le quemaban.

—¡Que tengas felices sueños! —dijo al marcharse.

Fernando cerró la puerta temblándole las piernas como a un adolescente.

La noche no fue especialmente placentera. Fernando despertó del primer sueño sin poder conciliarlo después. En su cabeza aparecieron fantasmas del pasado mezclados con la imagen viva de Lucía sin nada puesto debajo del quimono, lo que hizo que la sangre le hirviera y necesitó respirar aire limpio. Abrió la ventana, la luz exigua de la luna no iluminaba el bosque, era todo oscuridad. Amilanado por aquella inmensa negrura donde se pudiera refugiar la sombra y el recuerdo de Miriam, cerró la ventana y bajó la persiana.

CAPÍTULO 2

En Madrid, Miriam dormía abrazada por Santiago. La besó con pasión y ella abrió los ojos.

—No dejaría nunca de mirarte, tienes un despertar que me enamora cada día más —le susurró al oído.

Miriam dibujó una sonrisa mientras masticaba su llanto. No era con Santiago con quien ella quería despertarse cada mañana, sino con el canalla de Fernando.

—Voy a traerte el desayuno a la cama.

—No te molestes.

—No es ninguna molestia, quiero que mi princesa se sienta feliz.

—¿Y tú crees que con traerme el desayuno a la cama me haces feliz? —dijo Miriam levantándose.

Santiago la miró y sin decir nada bajó a la cocina a preparar el desayuno.

Miriam antes no había sido desdichada en su matrimonio, pero tampoco había sido feliz; los días al lado de Santiago transcurrían, simplemente transcurrían. Tampoco exigía mucho más, tenía una vida cómoda, un trabajo que la llenaba, y eso había sido suficiente para ella hasta el día en que Fernando entró en su vida. Encendió un cigarro, abrió la ventana y echada en ella comenzó a fumar.

—¡Canalla! ¿Piensas que puedes burlarte de mis sentimientos?

Pensaba en voz alta sin darse cuenta de que Santiago podía oírla.

—¿Dices algo? —preguntó él desde la cocina.

Ella no respondió. Terminó el cigarro y entró en la ducha.

Santiago tenía preparado el café, las tostadas y el pastel de chocolate que tanto le gustaba a su princesa; además, sobre la mesa había dejado una rosa roja. Al entrar ella en la cocina no advirtió el detalle de la rosa.

Santiago le cortó un trozo de pastel que ella rechazó con la mano.

—Es tu pastel preferido.

—Tengo el estómago revuelto.

—¿Qué harás hoy? —preguntó él.

—¿Es hoy acaso un día especial? —contestó Miriam apartando la taza de café.

—No.

—Entonces, ¿por qué preguntas?

—Por hablar de algo.

—Búscate otro tema de conversación, este es aburrido —dijo Miriam levantándose de la mesa.

Salió de la cocina y Santiago continuó sentado, saboreando su pastel y su fuero interno.

Miriam, después de ponerse el abrigo y coger el bolso, regresó a la cocina.

—Hoy no vendré a almorzar —dijo.

***

El crítico de arte Armando Rodríguez-Peláez publicó un artículo en el periódico *La Voz* sobre la exposición de pintura inaugurada en la Galería Botello la noche anterior. Rodríguez

Peláez se fijó sobre todo en uno de los artistas exponentes, Fernando Santori, y en su obra *Amanecer.*

Sus palabras referentes a Santori fueron una alabanza al dominio de este sobre el color. Miriam leyó el magnífico artículo antes de entrar en el aula de Historia y la furia hacia Fernando aumentó. Los alumnos de segundo curso fueron víctimas de su rabia al encontrarse con un examen sorpresa.

Mientras los alumnos desarrollaban el tema, salió al pasillo y marcó el número de Fernando, el teléfono daba apagado o fuera de cobertura. Entró en el aula y le envió un wasap que tampoco le llegó.

—Id terminando el examen —pidió a los alumnos.

Al finalizar la clase marcó de nuevo el número, sucediendo lo mismo.

En el cambio de aulas buscó a Lola.

—Déjame tu móvil, creo que el mío no funciona.

En el móvil de Lola oyó lo mismo: fuera de cobertura.

Antes de entrar en clase fue al baño y como estaba sola se desahogó.

—Hijoputa, ni siquiera tienes el valor de coger el teléfono, a saber con quién estás ahora en la cama —dijo en voz alta.

Como le dijo a Santiago, comió en el comedor universitario, o más bien se sentó frente al plato sin probar bocado. Cuando llegó a la casa, Santiago aún no se había ido a la galería, tumbado en el sofá releía el artículo de Rodríguez-Peláez y, a diferencia de ella, se sentía dichoso con su contenido. Al verla, se incorporó y con el periódico en la mano dijo:

—Hay café hecho, ¿te sirvo una taza?

Miriam no contestó, se quitó el abrigo y lo dejó sobre una silla. Subió al dormitorio.

—¿Quieres café? —repitió en voz alta.

Mientras él se servía otra taza, Miriam lloraba desolada en la cama, le estallaba la cabeza y temía sufrir una de sus insoportables jaquecas.

Santiago subió y se sentó a su lado en el filo de la cama. Acariciándole el cabello le preguntó:

—¿Qué te pasa?

—Es la maldita jaqueca.

—Vamos al hospital.

—No. Tráeme una pastilla de las azules, por favor.

—¿Solo la azul? —dijo, puesto en pie.

—Sí, si no se me pasa me tomaré también la blanca.

—¿Quieres que me quede contigo?

—No. No hace falta, si te necesito te echo el teléfono. Vete tranquilo —contestó, intentando simular una sonrisa.

Santiago la besó en la frente, salió del dormitorio y se fue a la galería. Miriam aguardó a que se fuera y se levantó. Notó que la habitación estaba helada y subió la temperatura de la calefacción. El cristal de la ventana estaba empañado de vaho y escribió con el dedo el nombre de Fernando. Al instante lo borró y golpeó el cristal. Se desnudó y se metió en la bañera. El agua estaba tan caliente que la abrasaba. Aguantaba el calor queriendo quemar el recuerdo de Fernando. Salió del agua con la piel enrojecida y el recuerdo persistía. Desnuda, sintió las manos del pintor recorriendo despacio su cuerpo y se perdió en el tiempo reviviendo los intensos momentos junto al cuerpo desnudo de Fernando... Al regresar del pasado vio su cuerpo marchitado. Arrastrando los pies llegó hasta el espejo del vestidor y horrorizada se contempló. Se llevó la mano a la cabeza, quedándose con un mechón de pelo en ella. Gritó enloquecida, se cubrió la cara y apoyando la espalda sobre la pared cayó en un enorme vacío. Así permaneció hasta que oyó el sonido del teléfono, borrando con su repetitivo ring las imágenes tortuosas que había creado de sí misma. Salió de la habitación sin contestar la llamada.

Bajó a la cocina, cortó un trozo de pastel y entró con él en su despacho con intención de corregir algunos exámenes. El teléfono sonó de nuevo. Miriam lo descolgó y al otro lado dijo Santiago:

—¿Cómo te encuentras?

—Mejor.

—¿Quieres que te recoja después de cerrar la galería y vamos a cenar?

—No, estoy metida en la cama.

—Llevaré comida china.

—No creo que cene esta noche nada.

—La llevaré por si luego te apetece.

CAPÍTULO 3

Amaneció el segundo día de Fernando en la montaña. A la caída del sol llegaron Leo y Lucía vestidos de negro. Lucía escondía su pelo bajo una gorra negra de visera ancha. A Fernando le llamó la atención esa vestimenta tan inusual para un compositor y una violonchelista.

—Hemos tenido un día muy complicado, pero no te hemos olvidado —dijo Leo dejando una caja sobre la encimera de la cocina.

—Te traemos provisiones para llenar la nevera. No habrás comido nada. En esta fiambrera hay pollo asado —dijo Lucía.

—No os teníais que haber molestado, pensaba ir andando al pueblo mañana. A propósito, ¿tienes noticias de mi coche?

—No, Pedro no me ha llamado —contestó Leo.

—Estás loco si piensas ir andando al pueblo, está muy lejos. Olvídate del coche y disfruta del paisaje —dijo Lucía algo alterada.

—¿No te encuentras bien aquí? Yo voy a estar unos días fuera de Alicante, asuntos de trabajo, cualquier cosa que necesites se lo dices a Lucía. Hace frío, voy a traer leña para encender la chimenea.

—No te molestes, estoy acostumbrado al frío de Madrid —replicó Fernando.

—Aun así, la encenderé.

Al quedarse Fernando a solas con Lucía no se atrevió a mirarla, la recordaba aún desnuda con el quimono rojo.

—¿Qué has hecho hoy?

—He recorrido el monte y he tomado apuntes. Y tú, ¿qué has hecho?

—Yo...

—Supongo que habrás tocado el violonchelo.

—¡¿El violonchelo?! —exclamó.

—Me dijiste que eras músico.

—¡Ah!, sí, músico. Por supuesto que lo he tocado.

—Me gustaría oírte tocar.

—Algún día —contestó Lucía asomada a la ventana.

Leo regresó con un haz de leña y encendió la chimenea.

—Que no se te olvide echarle un tronco de vez en cuando para que no se apague —dijo.

Lucía, nerviosa, casi empujando a Leo hacia la puerta, le dijo:

—Será mejor que nos vayamos, Fernando querrá comer.

De camino a la casa Lucía le contó la conversación mantenida con Fernando.

—Espero que no nos cause problemas —dijo él.

El contenido de la fiambrera hizo que en Fernando reapareciera el hambre mitigada todo el día a base de agua. Junto a la chimenea devoró el pollo. El calor de la lumbre y el agradable olor a pino que desprendía el fuego envolvieron la habitación en un singular e inoportuno romanticismo que se apoderó de él.

***

Fernando abrió los ojos a su tercer día en la montaña, sentado en el mismo sitio donde había cenado. Había pasado la noche sobre un tronco de árbol que hacía de taburete, le dolían las piernas y la espalda. Recordó que al terminar el pollo notó un gran peso en los ojos. Se levantó con dificultad e hizo algún ejercicio de piernas. Miró su reloj de pulsera, eran las 10:30 de la mañana. «De haber estado en Madrid, hubiera ya telefoneado a Miriam para desearle un buen día», pensó.

Pese al frío de la mañana, el día estaba agradable y desayunó fuera. La belleza del paisaje que lo acompañaba no tenía precio. Se mezclaba el silencio con el canto de los pájaros posados en las ramas. De buenas a primeras el cielo empezó a nublarse; el sol luchaba por salir de entre las nubes, que se empeñaban en ocultarlo. Fernando vio o creyó ver desde donde estaba a la mar encresparse y levantar olas inmensas. Con ánimo de plasmar aquella sensación y llevado por la emotividad cogió el bloc y comenzó a dibujar. Tan ensimismado estaba en su trabajo que no la oyó llegar.

—¡Hola! —dijo Lucía.

Fernando levantó la cabeza del papel y vio a la Lucía sensual del quimono rojo. Revoltoso, el aire le levantó el pelo tapándole parte de la cara; ella, con un movimiento suave, se lo echó para atrás dejando ver un rostro de perfectas facciones. El abrigo corto color pastel que llevaba puesto, y que tanto le favorecía, dejaba ver sus piernas bien torneadas.

—No te he oído llegar —dijo.

—Leo se fue de madrugada y vengo a decirte hasta luego.

—Si vas al pueblo voy contigo, necesito algunas cosas para pintar.

—¡Ni pensarlo! —dijo con acritud. Luego, suavizando la voz, añadió—: Quiero decir... que no voy al pueblo, ni siquiera paso por él. Hazme una lista con lo que necesitas y yo te lo compro. Me gusta el dibujo, tiene algo especial —dijo, con la mirada clavada en el agua brava de la pintura.

—Toma, para ti —dijo, arrancando la hoja del bloc.

Fernando anotó lo que necesitaba.

—Aquí tienes la lista y el dinero.

Ella leyó:

—Un lienzo de 40x40. Un pincel del número 1. Un bote de trementina y otro de aguarrás. Dos carboncillos finos y un perfilador. ¿Me das 50 euros?

—Tienes dinero suficiente, al menos en Madrid.

—No sé a qué hora regresaré, si no es muy tarde te lo traigo —dijo, con una mirada que a él le incomodó.

Fernando la vio perderse entre los pinos. Una bocanada de viento se llevó el dibujo, Lucía lo había dejado encima de una piedra, no sabe si por olvido o si simplemente lo dejó.

Un chaparrón inesperado lo obligó a recoger las cosas y entrar rápido en la casa. El cielo se cerró y la lluvia venía acompañada de tormenta. Desde la ventana que daba al sur veía en el cielo los relámpagos que se cruzaban entre sí caer al mar. Un espectáculo digno de ser plasmado en el lienzo.

La noche llegó, el día estaba tocando el fin del ocaso y Lucía aún no había llegado.

***

Cuarto día en la montaña. Acurrucado en la cama por el frío de la desabrida mañana y la lluvia que no cesaba, Fernando reconsideró si debía o no llamar a Miriam. Estimó que debía hacerlo. Iba a hacerlo cuando se oyeron unos golpes en la puerta. Se tiró de la cama y abrió. Frente a él estaba Lucía. La invitó a pasar y antes de entrar dejó el paraguas apoyado en el dintel de la puerta.

—Toma —dijo, entregándole una bolsa—. Creo que no falta nada.

Él cogiéndola dijo:

—Prepararé té para ti y café para mí.

—¡Qué frío hace! ¿Por qué tienes el fuego apagado?

Fernando metió troncos y ramas de pino en la chimenea, echó una cerilla y enseguida se prendió la llama. Lucía acercó las manos y se las calentó.

—Quítate la gabardina y ponla a secar. Pronto estará el té listo.

Lucía se quedó calentándose mientras él se disponía a encender la hornilla, llevaba puesto un pijama que Leo le había prestado. De espaldas a la chimenea no veía a la joven, que acercándose despacio lo rodeó por la cintura y lo besó en el cuello. Al oído le susurró:

—Termina de desatar el lazo.

Fernando se giró, e hipnotizado con aquel susurro obedeció. El quimono rojo cayó al suelo. Lucía se quedó desnuda, su cuerpo rayaba la perfección. El pintor lo contempló con la respiración entrecortada, y tomándola de la mano fueron a la cama, donde se impuso el lenguaje del amor.

Las horas pasaron y seguían atrapados el uno con el otro. Para Fernando, con Lucía cada momento era el sublime génesis del frenesí. Olvidó a Miriam, no existía nadie fuera del cuerpo de Lucía. La pasión que ella le ofrecía jamás la había vivido con ninguna otra mujer. Lucía era un volcán y él se sentía rodeado de lava.

Con la caída de la tarde vino la mesura. Los cuerpos agotados pedían sosiego. Y el sosiego les hizo ver que eran unos desconocidos.

—Me tengo que ir —dijo ella, poniéndose el quimono.

—¿Vendrás mañana?

—Tal vez —contestó, cogiendo la gabardina.

—¿Tal vez sí o tal vez no?

—Hoy no sé dónde estaré mañana —respondió ella sin mirarlo.

Al salir Lucía de la casa, clavó los ojos en los de él como acostumbraba a hacer, pero esta vez notó Fernando una mirada fría y calculadora. Al marcharse dio un portazo, dejando la cabaña gélida. Fernando descubrió que Lucía no era transparente como Miriam. Le dio miedo pensar en su opacidad.

***

Llovía la mañana del quinto día en la montaña, Fernando comenzó a ver las cosas de diferente manera. Lo que creyó como una genial idea, ahora le resultaba tedioso. Aún no había llamado a Miriam y no quería demorarlo más. Curiosamente, el móvil no estaba donde él pensaba que lo había dejado, lo buscó y no lo encontró. Tuvo un pensamiento que enseguida desechó. Preparó café y encendió la chimenea con el último tronco que quedaba en la cesta. Tomándose el café, pensaba qué hacer en la mañana. Al tomar el tercer sorbo de café creyó ver una silueta venir hacia él, luego fueron llegando más...

CAPÍTULO 4

En la galería de arte, Santiago discutía el precio de un cuadro de Fernando.

—Me parece excesivo 12.000 euros —dijo el comprador.

—Si ha leído el artículo que sobre el pintor ha hecho el prestigioso crítico de arte Rodríguez-Peláez, verá que el precio es justo. Fernando Santori es uno de los artistas más cotizados en la actualidad.

—Aun así, lo encuentro caro. ¿Qué más tiene de él?

—Tenemos otra obra que no está en venta.

—¿Puedo verla?

—Por supuesto. Acompáñeme, está en la otra sala.

Entraron en la sala donde se exhibía la pintura. El comprador quedó magnetizado y, sin apartar los ojos de la mujer, exclamó:

—¡Sublime! ¡Cuánta belleza desprende! Es curioso que, pintados solo los ojos, deje ver un rostro tan bello.

—Sí, la mujer de mil caras —dijo Santiago echando a andar.

—Está bien, pagaré lo que me pide, pero sigo pensando que es demasiado.

Realizada la venta, llamó a Miriam para darle la noticia.

—Se ha vendido la última pintura de Fernando a muy buen precio; a propósito, ¿tienes noticias de él? Estaría bien que trajera algún cuadro más.

A Miriam le pareció inoportuna esa pregunta.

—¿Por qué voy a tener noticias de él? ¿Tengo acaso algo que ver con tu negocio? —dijo malhumorada.

—No sé, ha podido contactar contigo.

Ella no le contestó y colgó el teléfono.

Santiago volvió a llamar a Fernando, no se daba por vencido. Pensó que la suerte lo acompañaba esta vez y sin esperar a que respondieran al otro lado dijo:

—Se ha vendido tu cuadro, hay que colgar otra obra.

Por respuesta obtuvo el sonido de una respiración. Santiago insistió:

—Fernando, sé que estás ahí. ¿Por qué no me contestas?

Enseguida oyó colgar el teléfono.

—Es extraño que no quiera hablar conmigo —dijo.

—¿Quién no quiere hablar contigo? —preguntó uno de los empleados de la galería.

—Fernando Santori. Me ha colgado el teléfono.

—Sí que es extraño —respondió.

Santiago llegó a la casa cuando Miriam preparaba la mesa, tenía puesto un pantalón negro ajustado. Se le acercó por detrás y la rodeó por la cintura, Miriam notó su presencia al sentirse apretada.

—Me haces daño —dijo.

Santiago la apretó más aún.

—No puedo respirar —insistió, con voz entrecortada.

Santiago, apretándola, decía:

—He hablado con Fernando, me ha dicho que ha conocido a una francesa y van a recorrer España. Me ha dicho también que es más guapa que tú.

A Miriam no le entraba aire en los pulmones, se asfixiaba, pero lo que más la asfixiaba era lo que Santiago le acababa de decir. «Había otra mujer en la vida de Fernando. Explicación del punto final entre ellos», pensó. Miriam vio que las paredes de la cocina empezaron a girar a su alrededor y se desvaneció. Santiago la cogió, la echó en el sofá, le desabrochó el botón del pantalón golpeándole suavemente las mejillas para que volviera en sí. Minutos después Miriam abrió los ojos.

—¿Cómo estás?

—Bien —dijo. Apenas pudo responder.

Santiago insistió en el asunto de Fernando.

—¿Has oído lo que te he dicho?

Al intentar incorporarse se desvaneció de nuevo. Esta vez tardó más en abrir los ojos y cuando lo hizo tenía en la frente un pañuelo húmedo que Santiago le había colocado.

—Bienvenida al mundo real, querida —le dijo sonriendo.

Miriam apartó la mirada de él, dejándola perdida. Jamás pensó que sería capaz de hacerle lo que le había hecho.

Santiago la dejó tumbada y fue a la cocina.

—La comida se enfría —dijo.

Miriam se levantó desorientada, y sujetándose a la pared pudo llegar a la cocina. Él le sirvió la comida y le echó vino en la copa.

—¿Qué tal las clases?

Miriam no se encontraba con fuerzas para mantener una conversación, pero temió que si no le contestaba a la pregunta quizá, casi con toda seguridad, volvería al tema de Fernando.

—Como todos los días. Los alumnos cada vez atienden menos.

—Ya no hay autoridad, y eso es lo peor que puede pasar. Hace falta mano dura en la enseñanza, aunque sea la universitaria.

Ella no respondió, temiendo que llevara la autoridad más allá de la enseñanza. Con la mano en la cabeza dijo:

—Voy a echarme un rato en la cama.

—Apenas has comido y no has probado el vino.

—No tengo apetito y el vino no creo que me siente bien.

Miriam deseaba alejarse de Santiago.

Echada en la cama se hartó de llorar y, de tanto llanto en silencio, se quedó dormida. Durmió profundamente durante un buen rato, cuando se despertó sudaba y el corazón lo tenía acelerado. De súbito se sentó en la cama, saltó de ella y del penúltimo cajón del zapatero sacó una bota alta. Metió la mano y extrajo un sobre, lo palpó y respiró. En él guardaba una fotografía de Fernando y ella en los Campos Elíseos. Junto a la foto había unas entradas del Teatro de la Ópera de París, de la obra musical *Madame Butterfly.* Ese día le dijo a Santiago que el departamento de Historia Medieval había organizado junto a La Sorbona unas conferencias. El viaje duró tres días, pero en París no estuvo con la facultad, sino con Fernando, aquel fue un viaje inolvidable.

Miriam, enfurecida, rompió la foto y las entradas en mil pedazos y los arrojó al retrete. Se cuidó de que no quedara en la taza ningún resto de papel. Cogió el perfume que Fernando le había regalado hacía un mes para su cumpleaños y que solo se había puesto dos veces, una noche que pasaron juntos en su estudio aprovechando que Santiago viajaba a Barcelona, y otra en un corto —pero intenso— encuentro en la habitación de un hotel. Con toda su rabia estampó el frasco contra la pared. De repente dejó de llorar, su acelerado corazón se detuvo, dio unos cortos pasos hasta alcanzar el secreter, y con la vista nublada abrió uno a uno los cajoncitos. ¿Qué buscaba? Solo ella lo sabía. Parada frente al mueble respiró profundamente y se limpió las mejillas, las lágrimas habían hecho que el rímel se le corriera por la cara. Buscaba el encendedor que Fernando le había regalado en su primer encuentro, tenía completa certeza de que lo había guardado en uno de los cajones, pero ¿cómo no estaba allí?, el secreter se abría con llave y la llave la tenía ella escondida.

—¡Joder, no puede ser! —dijo, gritando y golpeándose contra la pared.

***

En la galería de arte, Santiago daba instrucciones a Jorge de dónde debía ir colocado el cuadro de Arturo Rodríguez, pintor venezolano y de moda en Madrid.

—Jorge, ¿has hablado en algún momento con Fernando? —preguntó Santiago.

—No. No sé nada de él desde el día de la inauguración.

—Me urge hablarle y no logro que me coja el teléfono.

—¿Le has preguntado a Rogelio?, suelen salir juntos de marcha.

—Pues no, luego lo llamaré —dijo—. A propósito, ¿qué te parece el cuadro de Rodríguez?

—No está mal, pero Fernando lo supera —opinó Jorge.

—Sí, a pesar de ser un cabrón, es el mejor pintor que hay ahora.

—¿Por qué dices eso? —preguntó Jorge, extrañado del calificativo que había utilizado.

—¿Por qué?... porque no está cuando lo necesito —terminó por decir.

Santiago dio por terminada la conversación y telefoneó a Rogelio.

—Desde hace varios días no sé nada de él, se lo ha tragado la tierra —dijo Rogelio.

—¿Lo has llamado al móvil?

—Sí, y siempre es igual, apagado o fuera de cobertura.

—Está bien, preguntaré por ahí.

—Si te enteras de algo, dímelo.

—Descuida, te lo diré —dijo Santiago.

Los últimos rezagados abandonaron la galería. La obra expuesta de Arturo Rodríguez atrajo mucho público de Madrid y de fuera. Gonzalo cerró la puerta y dentro quedaron Santiago, Gonzalo y Jorge.

—El día ha estado bien, se han vendido ocho cuadros. La gente sigue demandando pinturas de Fernando, ¿a qué espera para traerlas? —preguntó Gonzalo.

Santiago no contestó, se limitó a encogerse de hombros. Los tres hombres se despidieron con un «hasta mañana».

Cuando llegó a la casa, Miriam seguía acostada. Cenó la comida china que había comprado y sin ver un rato la tele subió al dormitorio. Cuando se metió en la cama, ella estaba tumbada de costado derecho y el pelo le cubría la cara; él se acercó y le retiró el pelo, besándola en la comisura de los labios. El aliento de Santiago con olor a aceite de sésamo le repugnó, pero continuó fingiendo que dormía.

CAPÍTULO 5

Celia y Jean subieron al Renault cuando ya habían dado las once de la noche, se encontrarían con el resto del grupo en el lugar acordado. Todos los allí reunidos subieron en otro coche e iniciaron la marcha.

—Nos espera un largo viaje —dijo Jean—. Yo conduciré hasta Barcelona. Luego, George, tú continuarás hasta Toulouse. Allí nos detendremos. Fran, tú harás el resto del camino hasta París.

A la hora prevista y sin ningún contratiempo llegaron a Barcelona. George tomó el relevo y Jean se echó a dormir. Llegaron a Francia a primeras horas de la mañana. Cerca de Toulouse se detuvieron en una estación de servicio para repostar.

—Me duelen las piernas de tenerlas encogidas tantas horas —dijo Celia—. ¿Cuántos kilómetros faltan para llegar?

—Casi 700 —dijo Fran.

—En Orleans haremos otra parada —dijo Jean.

—¿A qué hora llegaremos a París? —volvió a preguntar ella.

—Sobre las diez de la mañana.

Salieron de la provincia de Toulouse y entraron en Orleans. Jean sacó un mapa de carreteras e hizo una llamada.

—Paul, estamos en Orleans.

—¿Cómo ha ido el viaje? —preguntó Paul.

—Todo bien.

—Cristopher os espera —dijo Paul, indicándole después la carretera que tenían que tomar.

—Vamos a su encuentro —dijo Jean.

—Suerte.

Tomaron la carretera que Paul les había indicado y en el primer desvío giraron a la derecha. Entraron por un camino de tierra hasta llegar a un bosque de robles y hayas. Tres o cuatro liebres salieron de entre los árboles cruzándose por delante del coche, Fran se vio obligado a frenar en seco.

—¿Por qué has hecho eso?, casi salgo por la ventana —preguntó Celia asustada.

—Unos conejos han cruzado delante del coche, si no freno los atropello —dijo Fran.

—Mirad, allí se ve la luz blanca —señaló Jean.

Fran condujo con cuidado evitando atropellar a algún conejo. Al llegar al lugar donde estaba Cristopher, detuvo el coche y bajaron Jean y George. Después de hablar con él, regresaron al auto y volvieron a la carretera.

Cerca de París, Celia encendió la radio y buscó una emisora de noticias. El conductor del programa informaba a la audiencia de que la reunión de senadores estaba a punto de celebrarse. Se esperaba que los coches oficiales comenzaran a llegar a las once de la mañana. Las calles Gauguin, Marchar y Le Comedié estaban cerradas al tráfico por un cordón policial. El tráfico había sido desviado por la avenue de la République hasta llegar al centro comercial Lepen.

Al oír las noticias, Fran preguntó:

—¿Qué hacemos ahora?

—Nada —dijo Jean.

—¿No has oído que han cambiado el itinerario? —advirtió Celia.

—Sí lo he oído —respondió Jean, consultando el callejero que le había entregado Cristopher.

—¿Desde cuándo lo sabías? —interpeló George.

—Desde que me lo comunicaron —contestó Jean.

—¿Por qué a nosotros no se nos ha informado también? —volvió a preguntar George.

—Pregúntales a ellos —contestó Jean.

Nadie dijo nada más al respecto. Fran continuó conduciendo por la rue Malte, luego giró a la derecha hasta place du Maréchal. Allí detuvo el coche.

Jean dijo a Celia:

—Espera aquí y cuando te avisemos nos recoges en la avenue Martin.

Ella asintió con la cabeza y ellos se apearon. Celia ocupó el asiento del conductor y buscó una emisora de música.

Los tres echaron a andar juntos hasta la esquina de rue Fontainebleau, allí Fran y George, cada uno con su misión, se despidieron de Jean, que continuó caminando calle abajo.

Los coches oficiales comenzaron a llegar. Estaba previsto que el senador Lemiare lo hiciera en el tercer coche. Al paso de este se oyó una explosión que hizo que el chofer perdiera el control del vehículo y se empotrara en la pared de un centro comercial, murió debido al impacto. El senador quedó conmocionado, pero vivo. Una segunda explosión más fuerte provocó el caos entre la gente que esperaba la llegada de los coches oficiales detrás de las vallas de seguridad. Jean salió del portal donde aguardaba, se acercó a la ventanilla del coche y disparó al senador un tiro de muerte en la sien.

Georg y Fran huyeron por la rue Aventón. Una tercera explosión acaparó la atención de la policía y Jean tuvo tiempo para escapar antes de que esta llegara al lugar donde el senador había sido asesinado.

Celia había sido avisada ya por Jean y aguardaba con el motor en marcha. El primero en llegar fue George, luego Fran y por último Jean.

—¡Tira! —ordenó este.

En las calles colindantes a las explosiones había un total desconcierto. Se oían sirenas de ambulancias; coches de policías cortaban las calles de la manzana. Se formó un control policial por donde ellos tenían que pasar.

—¿Qué hacemos ahora? —preguntó nerviosa Celia.

—Tranquila, continúa la marcha con normalidad —dijo Jean—, no tienen por qué sospechar de nosotros.

Dicho esto, Jean se llevó la mano a la cabeza.

—Rápido, gira por esa calle —le dijo a Celia.

—¿Qué sucede? —preguntaron, sin saber por qué ese repentino cambio de Jean.

La sirena de un coche se oía cerca de ellos. Conduciendo a toda prisa, Celia dijo tartamudeando por los nervios:

—Hay algo que debéis saber.

—¿Qué? —dijeron los tres a una.

—Mientras estaba donde os dejé, se acercó a mí un policía. Me indicó que estaba prohibido estacionar allí y me ordenó que me fuera. Yo le dije que estaba esperando a una amiga y que no me marcharía de allí hasta que llegara. Entonces el policía tomó la matrícula del coche y me pidió el carnet de conducir. Yo me negué a dárselo, empezamos a discutir y en ese instante llamaste tú. Arranqué y salí corriendo.

—¡Mierda! ¡Mierda! ¿Le diste el carnet? —preguntó George.

—No —dijo ella.

—Tiene la matrícula. ¡Acelera el puto coche y gira a la izquierda! —gritó Jean.

—Es dirección prohibida —dijo Celia nerviosa.

—Que gires, te digo, ¡joder! —gritó más fuerte Jean.

Celia obedeció y entraron en un *parking* subterráneo. Bajaron hasta la cuarta planta y aparcó, no había más de tres coches aparcados. Esperaron dentro del vehículo media hora. Primero salió George, diez minutos después Fran y otros diez minutos después salieron Jean y Celia.

George y Fran tomaron direcciones distintas, ellos dos cogieron un autobús de línea que los llevó a Montmartre. Se bajaron en una parada y anduvieron unos diez minutos, la calle estaba desierta y escasos coches circulaban por ella; los parisinos estaban conmocionados por lo sucedido. Aprovechando la ausencia de tráfico, Jean se detuvo delante de un Ford Fiesta negro, golpeó la ventanilla con la pistola, abrió la puerta, se montaron y huyeron.

—¿Crees que nos estarán buscando? —preguntó Celia encendiendo un cigarro.

—Aún no, eso quiero creer —contestó Jean mirando por el espejo retrovisor.

—¿Qué pasará con el coche?

—Si no relacionan tu incidente con el atentado, tenemos tiempo para recogerlo.

Llegaron al aeropuerto y allí abandonaron el coche robado. Entraron en la terminal y se dirigieron al mostrador de la compañía aérea.

—Dos pasajes para Alicante —pidió Jean.

—No quedan —dijo el funcionario.

—¿Y para Barcelona?

—Para Barcelona sí. El avión sale dentro de una hora.

—Deme dos billetes.

Al primer aviso de embarque, Jean y Celia subieron al avión.

El avión aterrizó en el aeropuerto Barcelona-Prat. Primero bajó Celia, Jean se rezagó y bajó después para no hacerlo juntos. Iban atentos a la presencia policial y no notaron nada extraño.

Entraron en el restaurante. En la televisión hablaban del atentado de París.

—¿Qué hacemos ahora? —preguntó Celia echándose el pelo sobre la cara.

—Nada, actuar con naturalidad.

Cenaron y luego cogieron un taxi que los llevó a la estación de autobuses. En la estación compraron dos billetes para Alicante, habían tenido suerte, era el último autobús que salía. Hicieron el viaje durmiendo. Llegaron por la mañana muy temprano a la ciudad. Jean llamó en la estación para que fueran a recogerlos. Media hora después se presentaron.

—¿Todo bien? —preguntó el conductor del coche.

—Sí —dijo Jean.

—¿Por qué habéis venido en autobús?

—Hemos hecho el viaje en avión hasta Barcelona, el coche se ha quedado en París.

—¿Por qué? ¿Qué ha pasado?

—Luego te lo cuento, tengo ganas de llegar a casa —dijo Jean.

Celia no había abierto la boca desde que salieron de Barcelona.

CAPÍTULO 6

Fernando perdió el conocimiento y cayó al suelo, permaneciendo inconsciente toda la noche. Era ya de día cuando apenas empezó a sentir que las piernas y los brazos le hormigueaban y respiraba con dificultad. Al abrir los ojos se vio en el suelo y con la sensación de haber estado rodeado de gente extraña y deforme.

Sonó el timbre de la puerta y Fernando lo oía como un sonido muy lejano, como si la puerta estuviese a una distancia abismal. Hizo un esfuerzo titánico y agarrándose a una silla logró incorporarse y llegar a la puerta. El aire frío que entró le hizo bien.

—¿Qué te ocurre? —le preguntó Lucía asustada.

A pesar de que Fernando no veía con claridad pudo ver que Lucía no estaba en su mejor momento.

—No sé qué me sucedió anoche, me he despertado en el suelo, debí desmayarme. Y a ti, ¿qué te sucede?, te encuentro desmejorada

—Tengo jaqueca —contestó—. ¿No recuerdas qué te ocurrió?

—¿Qué día es hoy? —preguntó él.

—Jueves.

—¿Jueves? Entonces, ¿cuánto tiempo he estado inconsciente?

—No sé, ayer miércoles cuando me fui te dejé perfectamente.

—Voy a darme una ducha, el agua me despejará.

—Traeré leña y encenderé la chimenea, la casa está fría —dijo Lucía mirando a su alrededor.

Bajo el agua Fernando notó que su cuerpo se iba drenando. El agua arrancó las toxinas que lo llevaron a tal situación. Al salir del baño encontró a Leo en la casa; le sorprendió verlo, no lo había oído llegar. Hablaba de forma callada con Lucía. Acercándose le dijo:

—¿Ya de vuelta?, ¿cómo te ha ido?

Leo, echándole el brazo por encima, le dijo:

—Eso mismo me preguntaste ayer.

—Pero ¿ayer nos vimos? —preguntó, llevándose la mano a la cabeza.

—Sí, hombre, ayer, ¿no recuerdas que te dije que se habían vendido todas las entradas del teatro? La sinfónica tocó de maravilla.

—Lo siento. No recuerdo nada de lo que hice ni dije ayer.

Leo se acercó a la chimenea y mirando la lumbre dijo:

—Entonces, ¿tampoco recuerdas lo que te dije de la pieza del coche?

—¿Qué pasa con la pieza? —preguntó intranquilo.

—No hay en el almacén y Pedro la ha pedido a fábrica, tardarán unos días en enviarla.

Fernando, harto de estar allí, decidió regresar a Madrid. Frente a la lumbre, observando el baile de llamas, le dijo a Leo:

—Voy a avisar a la aseguradora para que retiren el coche del taller y se lo lleven a Madrid.

—¡Imposible! —dijo exaltado.

—¿Por qué? Es mi coche y puedo llevarlo a donde quiera — dijo Fernando mirando a Leo a los ojos.

—Quiero decir —añadió suavizando la voz— que la pieza está ya pedida y te va a costar el dinero igual que si la pusieran en el coche.

—Por eso no hay problema, la pago.

Lucía, sentada a su lado, le cogió la mano y al oído le dijo:

—Pensaba que te encontrabas a gusto entre nosotros, pero veo que me he equivocado y lo siento.

Tras un silencio él le contestó:

—En realidad no sé los días que llevo aquí, tengo perdida la noción del tiempo. Esta situación me está ahogando.

—Si es por eso no te preocupes, mañana me tomaré el día libre y si te apetece iremos al pueblo. Lo sentimos, hemos estado muy ocupados con el trabajo.

—No tenéis por qué disculparos, tenéis vuestras obligaciones y no podéis dejarlas por mí. Nunca he querido eso. Os estoy agradecido por el ofrecimiento que me habéis hecho. Gracias, pero me marcho. Mañana llamaré a un taxi y cuando el coche esté listo volveré a por él.

Leo no podía permitir que eso ocurriera.

—Lucía, prepara unas infusiones, nos sentarán bien —dijo Leo moviendo la cabeza.

—Será lo mejor —contestó.

—Para mí no prepares nada, no me apetece —dijo Fernando.

—Te prepararé un café, eso te estimulará.

Lucía, al levantarse para ir a preparar la bebida, le acarició la nuca. Fernando notó su mano fría, pese a estar sentada cerca de la chimenea.

El silencio se apoderó de la estancia, ninguno de los dos hombres tenía con qué romperlo. Así fue hasta que Lucía llegó con la bandeja.

—El café. Tómatelo —le dijo, acariciándolo—. Brindemos por la amistad que ha surgido entre nosotros.

Fernando se bebía el café a sorbos pequeños, le encontraba un sabor extraño. Leo, observándolo con disimulo, le dijo:

—Si le encuentras un sabor extraño es porque Lucía le ha puesto un poco de *whisky*, te dará vigor.

—Es curioso —dijo llevándose la taza a la boca—, no sé dónde he dejado mi móvil.

—¿Tampoco lo recuerdas? Ayer nos dijiste que creías haberlo perdido en la pineda.

—No recuerdo haber estado allí. ¿Qué me está pasando? Creo que he de ir al médico.

—No es nada, Fernando, verás cómo esto pasa enseguida, debiste golpearte al caer. Últimamente has comido poco, pero eso se va a terminar, luego te preparo un suculento almuerzo —argumentó Lucía, acariciándole otra vez la mano.

—Necesito hacer un par de llamadas —dijo Fernando.

—Toma mi móvil —dijo Leo.

—¿Alguna novia? —preguntó Lucía atusándose el pelo.

—No, pero he de hacer unas llamadas.

Fernando de nuevo comenzó a sentirse mal, mareado.

—¿Qué te sucede?, te has puesto pálido —dijo Lucía.

Fernando al incorporarse se desvaneció, cayendo al suelo.

CAPÍTULO 7

Santiago se levantó antes de que el despertador sonara y sin desayunar se marchó a la galería. Pensaba hacer varias llamadas telefónicas y no quería que ni Miriam ni los empleados se enterasen. Le preocupaba en serio Fernando, no lo creía capaz de colgarle el teléfono sin darle una respuesta, podría ser un cabrón, pero su trabajo se lo tomaba muy en serio.

Llamó a Román.

—¿Has visto por casualidad a Santori?

—Desde el día de la inauguración no lo he vuelto a ver, ¿ocurre algo?

—No, nada.

Marcó otro número.

—Rogelio, ¿has hablado con Fernando?

—No, ¿pasa algo?

—No logro hablar con él.

—El otro día, después de insistir yo varias veces, al fin contestó una mujer. Oí la voz de un hombre que no era la de Fernando decir que colgara. Volví a llamar, pero estaba ya fuera de cobertura.

—¿Y no te parece extraño? —preguntó Santiago.

—La verdad es que sí.

—Seguiré preguntando. Si te llamara, me lo dices enseguida.

En Madrid nadie tenía conocimiento del paradero de Fernando Santori. La conversación con Rogelio incrementó más la preocupación de Santiago. Sin dudarlo, llamó a la compañía de seguros.

—La Europea, ¿en qué le podemos ayudar?

—Necesito saber si Fernando Santori ha requerido los servicios de la compañía en esta última semana.

—Esa información no puedo dársela.

—Hace una semana que mi amigo salió de viaje con el coche sin decir adónde iba, desde entonces no sabemos nada de él. Tal vez haya tenido un accidente de tráfico.

—En ese caso es mejor que llame al hospital.

—Dígame, amable señorita, a qué hospital he de llamar —dijo enojado.

—Curse la petición por escrito —terminó por decir ella, colgando el teléfono.

Después de la conversación, Santiago salió de la galería y fue a desayunar al café de al lado.

—Buenos días, ¿ha visto lo sucedido en Francia? —le preguntó el camarero al servirle la taza de café.

—¿Qué ha pasado?

—Un atentado en Francia. Han estallado tres bombas y a un senador le han disparado un tiro en la sien. Todavía no han dicho cuántos muertos hay, pero imagíneselo.

—¿Han dicho algo de la autoría?

—No, pero supongo que habrán sido los de siempre —contestó el camarero.

Por el pensamiento de Santiago corrió Fernando.

—¿Cuándo ha sido el atentado?

—Ayer.

—No estamos tranquilos en ningún sitio. ¿Ha pasado por aquí el señor Santori?

—Hace días que no ha venido.

Santiago terminó el desayuno y regresó a la galería pensando en el atentado.

***

Para Miriam, la noche fue larga y de insomnio. Cuando se despertó, Santiago ya no estaba, pero perduraba aún su detestable olor en la cama. Miriam entró en la ducha y restregó bien su cuerpo con jabón, intentaba deshacerse de los roces del cuerpo de él. Se arregló lo mínimo, nada de tacones, nada de maquillaje. Se recogió el pelo y se dio un poco de brillo en los labios. Se sentía cansada, apenas podía mantenerse en pie. Aunque se levantó sin hambre, se preparó un desayuno rico en proteínas, las necesitaba. Embebida en su pensamiento, con el ring inesperado del móvil tiró el zumo de naranja sobre su camisa.

—¡Mierda, ahora me tengo que cambiar! —gritó.

Descolgó el teléfono con la ilusión de que fuera Fernando pidiéndole perdón.

—Diga.

—Buenos días. Te recuerdo que hoy tienes guardia con los de primero.

—¡Joder!, no me acordaba. Gracias, Lola, por recordármelo —dijo, decepcionada y con un nudo en la garganta.

Al llegar a la facultad encontró a los alumnos concentrados, habían acordado no entrar en clase para reprobar los atentados de Francia. Se hablaba ya de varios muertos, pero se temía que la cifra fuera subiendo. El asesinato del senador había puesto al Parlamento francés en pie. El senador Lemiare era una persona muy querida y respetada, incluso por la oposición.

Miriam entró en la sala de profesores. Discutían si se sumaban o no al paro. La votación salió a favor de unirse a los estudiantes.

—Qué mala cara tienes, ¿no has dormido? —preguntó Eduardo.

—Comí algo que no me sentó bien, me he pasado la noche vomitando.

—Vete a tu casa, ya ves cómo estamos.

—Hoy tengo guardia en primero.

—Descuida, ya hablo yo con el rector.

—No sé —dijo ella.

—Ya me encargo yo —dijo Eduardo Azpeitia.

—Te debo una.

—Me la pienso cobrar.

Miriam se marchó de la facultad sin decirle nada a Lola.

***

Cuando Santiago entró en la galería, Jacobo estaba colgando un cuadro, al verlo llegar dejó el cuadro en el suelo.

—Hay un caballero que quiere hablar contigo, lo he llevado a tu despacho.

—¿No te ha dicho qué quiere?

—No.

—Está bien.

Entró en el despacho y saludó al caballero.

—Hola, soy Santiago Botello, Jacobo me ha dicho que quiere hablar conmigo. Usted dirá —dijo, tendiéndole la mano.

—Soy Elodio Hernández, marchante de arte, y vengo de Aguascalientes, México. Estoy aquí porque represento a una joven promesa de la pintura, Lanna Gonzales, natural de Coyoacán, cuna de grandes pintores. Cuna de la inmortal Frida Kahlo. Si tuviera tiempo para ver algunas de sus pinturas para nosotros sería un gran honor exponer en su galería.

El marchante sacó de una carpeta algunas telas de lienzo y se las mostró. Santiago las observó detenidamente.

—Realmente son buenas las pinturas. ¿Cómo me ha dicho que se llama la autora?

—Lanna Gonzales.

—No dispongo de mucho espacio para los noveles...

—Lo entiendo, señor Botello —dijo, sin esperar a que el otro terminara—, todos los pintores sueñan con exponer aquí.

—¿Qué le parece si empezamos con una sola obra?

—¡Magnífico! —exclamó Elodio Hernández—. ¿Cuál propone?

—Elija usted —dijo Santiago.

—¿Qué le parece esta?

—Magnífica elección.

La pintura era óleo sobre tela, mostraba a una anciana acunando en sus brazos las zapatillas de un niño. Una obra fascinante por el contenido emocional que transmitía la anciana. La mujer no se resistía a olvidar a su pequeño. Acunaba el pasado para hacerlo eterno. La pintura calaba profundo.

***

Miriam dejó el coche en la cochera y aprisa subió al dormitorio. Abrió el armario y buscó en cada bolsillo de los pantalones y de las chaquetas de Santiago. No quedó un rincón en el que no buscara. Se resistía a creer que él había descubierto dónde guardaba la llave que abría el secreter, pero se vio obligada a aceptar la evidencia. La vista se le nubló y creyó ver cómo las paredes de la habitación se estrechaban cada vez más queriendo comprimirla. Notó que le faltaba el aire, se asfixiaba, necesitaba escapar de allí. Igual que si escapara por un estrecho túnel, echó a correr y al llegar a la escalera cayó rodando.

Santiago al entrar en la casa la vio tirada en el suelo junto a la escalera, inconsciente y con una ceja rota.

—¡Miriam, Miriam!, responde.

Llamó al 112. Mientras llegaba, él intentó reanimarla.

Cuando la ambulancia llegó al hospital hicieron a la paciente un escáner en la cabeza, la dejaron en el cuarto de observación. Santiago aguardaba en la sala de espera.

Habían transcurrido más de tres horas desde que fue ingresada cuando Santiago fue avisado de que el médico quería hablar con él.

—Su esposa sufre traumatismo cerebral, además de tener dos costillas rotas y una herida en la ceja. La ingresaremos en la UCI.

—¿Será por mucho tiempo?

—Depende de cómo evolucione —respondió el doctor.

Según informaba el parte médico, Miriam debió de caerse alrededor de cuatro horas antes de que él la encontrara en el suelo.

Santiago abandonó el hospital no preocupado por la gravedad de su esposa, sino por el motivo que la llevó a caerse.

CAPÍTULO 8

Tranquilos en la cabaña, sabiendo que Fernando no podía verlos, buscó por todos los rincones la agenda.

—¡Aquí está! —dijo Jean.

—¿Dónde estaba? —preguntó Celia.

—En el doble fondo de la caja, no recuerdo haberla puesto ahí.

—Lo importante es que la has encontrado —dijo ella.

Jean marcó un número de teléfono.

—Estamos sin noticias —dijo.

Al otro lado alguien contestó en francés:

—El coche está donde lo dejasteis, ¿quién lo conducía?

—Celia.

—Lous lo retirará hoy.

—Mañana tomaré el primer vuelo e iré a recogerlo —dijo Jean.

—Mañana será historia —sentenció el francés.

Desde el otro lado del teléfono, Jean recibió una orden que no se atrevió a discutir. Al colgar el aparato, Celia lo notó preocupado.

—¿Qué ocurre?

Jean, sin contestarle, se limitó a mover la cabeza.

—¿Seguro que no me ocultas nada? —insistió ella.

—Vamos.

Subieron a Fernando en el coche y lo abandonaron en los pinos. Jean lo golpeó con una piedra, provocándole una enorme herida en la cabeza. Celia se asustó y dijo:

—Creo que te has pasado.

—¿Eso te preocupa? —advirtió Jean.

Se acercaba la noche cuando volvieron al pinar.

—¡Fernando está muerto! —dijo.

—No, aún tiene pulso.

—¿Qué hacemos con él?

—Llevárnoslo.

Seguía lloviendo como si el cielo se desmenuzara, y ahora apremiaba la tormenta.

—¡Maldita tormenta!, el dolor de cabeza se me está acentuando —dijo ella.

Dejaron a Fernando acostado en el dormitorio de invitados. Ella se quedó cuidándolo y él fue a encender la tele.

—Se está despertando —dijo desde la puerta del dormitorio.

Pero él continuó viendo la tele.

—¿No me has oído? —dijo detrás de él.

—¡Calla! Están hablando del atentado.

—¿Qué dicen?

—¡Si no te callas no me entero!

Ella dio media vuelta y regresó al dormitorio. Al entrar, encontró a Fernando con los ojos abiertos.

—¿Dónde estoy?

Ella salió y volvió al salón.

—Se ha despertado.

Él apagó la tele y fue a verlo.

—¡Hombre, ya te has despertado! Nos temíamos que nunca lo hicieras.

—¿Qué me ha sucedido?, me duele —dijo, llevándose la mano a la cabeza—. ¿Quiénes sois?

—¿No nos conoces? —dijo ella.

—¿Nos conocemos? —preguntó Fernando con la mano puesta en la herida.

—Somos tus amigos. Ahora será mejor que descanses —dijo él.

—Tómate esto, te aliviará el dolor —dijo ella dándole un vaso con un líquido blancuzco.

Ambos miraban cómo Fernando se bebía el contenido del vaso.

—Enseguida te hará efecto.

Él la miró y le indicó con la cabeza que saliera del cuarto y dejara a Fernando solo.

El viento golpeaba el cristal de la ventana del salón, Celia dejó sobre el sillón el libro que estaba leyendo y corrió la cortina. En ese momento sonó el teléfono.

—Diga.

—Pásame con Jean. —Se oyó al otro lado.

—¿Sigues en París?

George no respondió. Celia llamó a Jean, que estaba en la cocina.

—¿Por qué gritas? —le reprendió.

—George quiere hablar contigo.

Según lo dispuesto por la organización, los miembros del comando no debían tener contacto entre ellos después de haber hecho el trabajo; al parecer, George lo había olvidado. Jean dudó de si debía responder. Pasado un corto espacio de tiempo contestó:

—¿Qué ocurre?

—La policía está investigando una gorra que ha encontrado junto al coche del senador. Creen que puede ser del asesino.

—¡Mierda, mierda! —exclamó Jean.

—¿Sabes algo?

—La gorra es mía, se me cayó al salir corriendo.

—¡Joder! Con razón te encontré extraño cuando subiste al coche. ¿Cómo no dijiste nada? —dijo George.

—En aquel momento no le di mucha importancia.

—Pues la has cagado bien, tío. ¿Lo sabe la organización?

—Había olvidado el incidente —dijo Jean, rompiendo el cigarro que iba a encender.

—¿Y a qué estás esperando para comunicárselo?

—Tengo que resolver antes otro problema.

—¿Puede haber algo más importante que esto?

—Sí.

—¿Qué?

—Buscar la manera de deshacerme de alguien.

—Aplica la solución más fácil —sugirió George.

—En este caso aplicarla no es fácil.

—Hazlo cuanto antes, será mejor para ti.

—¿Sabes algo del coche? —preguntó Jean.

—Lous tuvo problemas a la hora de retirarlo del *parking*.

—¿Los solucionó?

—Supongo. No demores eso que has de hacer —dijo George, y colgó.

—¿Qué te ha dicho?

Jean clavó su mirada en Celia y la mantuvo fija hasta que se vio obligado a pestañear. Fue a la habitación y cerró la puerta con llave. Se metió la mano en el bolsillo y comprobó que aún tenía la pistola.

—Salgamos a dar un paseo —dijo él.

—Pero... ¡está lloviendo y es tarde!

—¡Vamos!, no me hagas perder el tiempo.

Celia se puso la gabardina y cogió un paraguas; salieron de la casa con la oscuridad de la noche. Caminaban en silencio, mojados por un agua gorda. En la cabeza de Jean se mezclaban los sentimientos de culpabilidad y deber.

Habían andado un tramo cuando el silencio que los acompañaba se vio roto por el ruido del motor de un coche.

—Quédate aquí —dijo Jean.

—¿Por qué?

—Porque te lo ordeno yo —dijo, agarrándola fuertemente del brazo.

Ella obedeció y se quedó quieta bajo el agua.

Parado en la puerta de la casa había un coche, tenía las luces encendidas y dentro estaba el conductor. En la puerta alguien tocaba al timbre. Jean llegó hasta el coche y reconoció a Sergio. Luego a Enrique.

—¿Qué hacéis aquí a estas horas? —les preguntó.

Jean subió obligado al coche sin preguntar adónde lo llevaban, lo imaginaba.

Celia esperaba en el mismo sitio a que Jean regresara, el espeso frío de la noche calaba sus huesos, por suerte la lluvia había remitido. La oscuridad que la rodeaba la amedrentaba, siempre había temido a lo oscuro y ahora estaba engullida en ello. Pensó en la muerte, en lo que se debe sentir al entrar en la eterna oscuridad, y comenzó a llamar a Jean, no le importó lo que pudiera decirle ni hacerle, necesitaba oír una voz a la que aferrarse.

Celia temió que algo grave había sucedido, hacía demasiado tiempo que se había ido. Decidió regresar a la casa a pesar de la advertencia. Echó a correr y cuando llegó vio que la puerta estaba entornada.

—¡Jean! ¡Jean! —lo llamó.

Jean no estaba. La cerró y se sentó tiritando al abrigo del fuego.

CAPÍTULO 9

Cuando Santiago regresó del hospital era ya de madrugada. Al subir la escalera observó detenidamente los peldaños.

—La causa no ha sido que estén en mal estado. ¿Qué ha hecho que te caigas? —dijo en voz alta.

A la mañana siguiente el despertador sonó a la hora de siempre. Desoyéndolo, extendió el brazo hacia el lado donde ella dormía, acarició la sábana y besó la almohada.

—No pienses, Miriam, que me vas a dejar tan fácilmente. Y tú, maldito cabrón, ¿dónde estás? —dijo.

Cerró los ojos y su cuerpo se retorció como si hiciera el amor con ella. Todo sudado, abrió los ojos de repente, Miriam no estaba.

—¡Maldita puta! —gritó—. Recupérate pronto, nos espera una divertida charla.

La imagen de Miriam y Fernando en la cama no se apartó de él mientras desayunaba.

El sonido de un teléfono que venía del piso de arriba le recordó que en el hospital le entregaron el bolso y las pertenencias de Miriam. No le dio tiempo de contestar, cuando llegó al dormitorio ya habían colgado. Le dio a la rellamada y al otro lado se oyó la voz de una mujer.

—Miriam, hoy retomas la guardia de ayer, ¿dónde te metiste, que no te vi?

—Soy Santiago, su marido.

—Soy Lola, una compañera de la facultad, ¿puedo hablar con ella?

—Miriam ha tenido un accidente —dijo compungido.

—¿Qué le ha sucedido?

—Ayer se cayó por la escalera de casa y está en la UCI.

—¡Dios mío, Miriam! —exclamó Lola.

—Tranquila, está fuera de peligro.

—¿En qué hospital está, para ir a verla?

—Yo te tendré informada.

—Lo diré en la facultad.

—Mejor que lo haga yo, Lola, agradezco tu interés —dijo Santiago.

Terminada la conversación, miró todas las llamadas que Miriam había recibido en los últimos días, ninguna era de Fernando. Eso lo tranquilizó por el momento.

Antes de ir a la galería, pasó por el hospital. Le informaron de que Miriam había pasado bien la noche y posiblemente la pasaran a planta. Al salir del hospital, recibió una llamada.

—¿Don Santiago Botello? —preguntaron.

—Sí, yo soy.

—Lo llamamos de la compañía La Europa respecto a su petición. El martes de la semana pasada, don Fernando Santori a través de nuestro servicio de carretera solicitó un coche grúa y luego lo anuló.

—¿En qué lugar lo solicitó?

—A seis km de la capital de Albacete.

—¿Y dice que anuló la solicitud?

—Sí.

—¿Puede decirme cuánto tiempo transcurrió desde la solicitud a la anulación?

El agente no respondió.

—¿Ha oído la pregunta que le he hecho?

—Dos horas —terminó por decir.

—¡Dos horas esperando un coche grúa! Ahí tiene el motivo de la anulación.

Santiago, descubierta la dirección que había tomado Fernando, se propuso averiguar cómo continuó el viaje con el coche averiado. De camino a la galería entró en una librería y compró un mapa de carreteras. Cuando llegó, los empleados le preguntaron por Miriam, él a su manera les contestó comunicándoles cómo estaba y cómo había sido el accidente.

—Jacobo, estaré en mi despacho, que nadie me moleste. A propósito, ¿sabes algo de Santori?

—Se lo ha tragado la tierra.

—Lo mismo pienso yo —dijo, entrando en el despacho.

En el mapa localizó el punto donde el coche se le había averiado. Buscó en la red los talleres de coches más cercanos a la entrada de la ciudad, localizó varios y de ellos eligió por su ubicación a tres.

—Jacobo, ¿sabes el número de la matrícula del coche de Fernando? Tengo un amigo que trabaja en Tráfico.

—¿Crees que ha tenido un accidente?

—Es lo que quiero averiguar. De esto ni una palabra a nadie —le advirtió.

Marcó el número del primer taller, luego del segundo, del tercero, y continuó llamando a todos los anotados. En ningún taller esa matrícula estaba registrada. «¿Cómo demonios continuaste el viaje?», se preguntó.

Cuando llegó al hospital por la tarde le comunicaron que su esposa había sido llevada a la habitación 340. Al entrar en la habitación Miriam tenía los ojos cerrados y al oír su voz los abrió, encontrándose con el azote de su mirada, y apartó la vista.

—No dejo de preguntarme por qué te caíste.

—¿Por qué me caí? Más bien deberías preguntarte cómo estoy.

—No, te pregunto a ti por qué te caíste.

—No tengo ganas de hablar —dijo ella.

—Pero no te importará que lo haga yo, ¿verdad? ¿A qué no sabes a quién me encontré ayer por la Castellana? —Ella movió levemente la cabeza—. A Santori, y no iba solo, lo acompañaba una francesa que quita el hipo. Estuvimos hablando un buen rato, ella es encantadora y quedamos para cenar esta noche, lástima que tú no puedas venir.

Miriam lo oía comiéndose el llanto.

—¿No dices nada? —dijo, mirando su reloj de pulsera—. ¡Qué tarde es! Siento, princesa, tener que dejarte. Le daré recuerdos a Fernando de tu parte.

CAPÍTULO 10

El día amaneció tormentoso, Celia despertó con dolor de cabeza y de cuello, el agua que le cayó la noche anterior le pasaba factura. Fue al dormitorio y encontró la puerta cerrada con llave, adentro todo era silencio.

Mientras Celia se duchaba sonó el teléfono y con el ruido del agua no oyó el sonido. Volvió a sonar un rato después y al cogerlo reconoció la voz.

—Tengo que hablar con Jean —dijo Pedro.

—Anoche desapareció y no sé nada de él.

—¿No sabes adónde ha podido ir?

—No.

—Está bien, no te muevas de ahí, cuando Jean regrese que me llame.

Pasaron las horas y Jean no había regresado. Un coche paró en la puerta y ella salió corriendo, creyendo que sería él. Era Pedro, y al verlo dijo:

—Jean aún no ha regresado.

—Ya lo sé.

—¿Sabes dónde está?

Pedro no le respondió, sin embargo, dijo:

—Coge tus cosas, nos vamos.

—¿Adónde vamos? —preguntó sorprendida.

—Vamos a Argel.

Celia no preguntó nada más. Entró en la casa y cogió lo que estaba acostumbrada a coger en estos casos.

—Ese sigue ahí encerrado, pero no encuentro la llave.

—Olvídate de él —dijo Pedro, entregándole un pasaporte falso.

Subieron al coche y abandonaron el pinar.

—En el aeropuerto te espera Abdel.

—¿Tú no vienes conmigo?

—No me digas que te da miedo viajar sola.

—Sabes que no, pero pensaba que viajaríamos los dos.

—Esto es el resultado de no haber hecho bien vuestro trabajo. La organización se equivocó con vosotros.

—Hicimos nuestro trabajo bien, el senador está muerto.

—Sí, y habéis puesto en peligro a toda la organización.

—¿Por qué dices eso?

—Primero tú con el incidente del policía, luego Jean.

—¿Qué pasa con Jean?

—Se le cayó la gorra, la tiene la policía y en ella han encontrado sus huellas.

—¡Eso es mentira! —gritó Celia—. ¿Dónde está Jean?

—No lo sé, pero lo supongo.

—¿Y yo voy a Argel a esconderme?

—Hasta que te encuentren, si lo hacen.

—¿Qué sabes de George y Fran?

—Nada —dijo Pedro.

—No te creo.

—Haces bien. Y vale ya de tanta conversación. Obsérvalo detenidamente, es quien te espera en el aeropuerto.

Pedro le mostró una foto de Abdel. Durante el resto del camino no hablaron.

Al llegar al aeropuerto, Celia entró en la terminal y él se quedó dentro del coche. Aunque estaba acostumbrada a viajar con pasaporte y documento de identidad falso, esta vez era distinto. Pedro le había dicho que la policía estaba detrás de ellos, y ella había tenido un choque cara a cara con un policía. Subió al avión con miedo, mucho miedo.

CAPÍTULO 11

Por la mañana Santiago se levantó con la esperanza de que Miriam no hubiera dormido pensando en la cena. Por el contrario, él tuvo un sueño placentero. Encendió la radio, hablaban del atentado de París, la policía había identificado a un terrorista. Un pensamiento se escapó de su cerebro, y aunque quiso borrarlo se le afianzó.

—Imposible, me niego a creerlo —dijo, apagando la radio.

Marcó el número de Fernando y el teléfono continuaba fuera de cobertura.

—¡Maldito seas! ¿Dónde estás, cabrón? ¡No van a quitarme el placer de acabar contigo! —gritó.

Rodríguez-Peláez, el crítico de arte, esperaba a Santiago en la galería.

—Señor Peláez, qué gusto me da verlo de nuevo —expresó Santiago.

—El gusto es mío. Necesito hablar con el señor Santori, pero no hay forma de localizarlo, no me coge el teléfono.

—Cierto, está fuera de alcance.

—¿Qué ha querido decir con eso?

—Después de la exposición me dijo que salía de viaje y estaría ilocalizable. ¿Puedo ayudarle yo?

—Me temo que esta vez no. El artículo que escribí sobre él fue muy bien acogido en el mundo del arte californiano. Una cadena de televisión de California quiere entrevistarlo, el director se ha puesto en contacto conmigo.

—Siento que vaya a perder esta gran oportunidad, pero a mí tampoco me coge el teléfono.

—Desde luego que lo es. En fin, si contactaran, dígale que me llame.

—Cuente con ello.

Cerca del hospital una señora vendía flores y Santiago compró un ramo de rosas para Miriam. En la puerta de la habitación 340 había un letrero, al leerlo se acercó al puesto de enfermeras.

—¿Por qué se prohíben las visitas a mi esposa?

—Lo siento, son órdenes del doctor.

—Soy su marido y quiero saber qué le ha sucedido —dijo alterado.

—Aguarde.

La enfermera habló por teléfono.

—¡Exijo ver a mi esposa! —gritó.

—Por favor, no grite, está en un hospital. El doctor vendrá enseguida.

—¿Qué ocurre? —preguntó el médico de planta.

—El señor es el marido de la paciente de la habitación 340.

—Quiero saber por qué demonios no puedo entrar a ver a mi esposa.

—Baje el tono si no quiere que llame a seguridad. Su esposa sufrió anoche una parada cardiaca.

—¿Cómo se encuentra ahora?

—Estable.

—¿Entonces por qué me prohíben la entrada?

—En un par de días podrá verla. La enfermera le informará siempre que lo desee.

Arrojó el ramo de rosas a la papelera y abandonó el hospital. La enfermera cogió el ramo, lo metió en un florero y lo llevó a la habitación de Miriam. Al entrar la encontró tumbada, de espaldas a la puerta.

—¿Cómo se encuentra?

—Estoy contemplando cómo los frágiles rayos del sol luchan contra una nube para salir de ella. Tal vez yo deba imitarlos —dijo.

La enfermera no hizo comentario alguno y volvió a preguntarle:

—¿Cómo se encuentra?

Miriam giró la cabeza y le contestó:

—Estoy cansada.

La enfermera colocó las flores en el poyete de la ventana.

—Gracias, son muy bonitas.

—No me las dé a mí, déselas a su marido, las ha traído él.

De nuevo el electrocardiógrafo se alteró.

—Lléveselas, no las quiero. No le deje entrar, por favor —rogó Miriam.

La enfermera se llevó las flores y las puso en el estar de enfermeras e informó de lo sucedido al médico de planta.

***

Santiago llegó malhumorado a la galería. Entró en su despacho golpeando la puerta al cerrarla. Se sirvió un coñac, abrió el primer cajón de la mesa y cogió un mechero de oro que guardaba en él. Observó con displicencia el grabado de dos corazones entrelazados.

—Apuesto a que era esto lo que buscabas, zorra. Y tú, cabrón, qué poco original eres.

El ring prolongado del teléfono que había sobre la mesa hizo que el encendedor se le cayera al suelo. Se apresuró a contestar pensando que lo llamaban del hospital, pero se equivocó, era Rogelio preocupado.

—Hay una cosa que tienes que saber —dijo.

—¿A qué esperas para contármela? —contestó Santiago, sin ganas de acertijos y cogiendo el encendedor.

—Almorzamos juntos y te lo digo.

—Espero que merezca la pena tanta intriga.

El primero en llegar al restaurante fue Rogelio. Santiago, al acercarse a la mesa, poniéndole la mano en el hombro le preguntó:

—¿Qué es eso tan importante que no puedes decirme por teléfono?

—Se trata de Fernando.

—¿Tienes noticias de él?

—Según se mire.

—Vamos, desembucha.

Rogelio sacó del bolsillo de la chaqueta un sobre y se lo entregó.

—¿Esto qué es?

—Es una notificación para Fernando. Viene de París.

—Sí, ya la veo, pero ¿por qué la tienes tú?

—Esta mañana pasé por el apartamento de Fernando para preguntar al portero si tenía noticias de él, y al verme me la entregó. Me dijo que la llevó ayer el correo, que ha intentado hablar con el señor Santori sin conseguirlo y que pensó que sería mejor que yo la tuviera por si hablaba con él.

—Viene de París —dijo Santiago.

—Sí, de la Jefatura de Tráfico.

—¿Por qué no la has abierto?

—Me da miedo —contestó Rogelio.

—¿Miedo? ¿Por qué? Siendo de Tráfico no puede ser otra cosa que una multa. ¿No te parece?

—Tienes razón. Soy un idiota.

—Ábrela —mandó Santiago.

—Hay un problema.

—¿Qué problema?

—Que no sé francés.

—Dame. —Santiago abrió la carta y la leyó—. Es una multa por haber aparcado en lugar prohibido.

—Entonces Fernando está en París —aseguró Rogelio.

—Según pone aquí sí.

—Dejemos de preocuparnos por él, si no quiere coger el teléfono, él verá —manifestó Rogelio.

Terminaron de comer y Santiago, de pie, dijo:

—Invitas tú.

Gracias a la notificación ahora disponía de cierta información que le permitiría con suerte averiguar su paradero.

Antes de ir al hospital fue a comisaría. Preguntó por el comisario y tras aguardar un rato entró en su despacho.

Detrás de la mesa había sentado un hombre corpulento y de amplia frente.

—Usted dirá —dijo el comisario Bermúdez.

Antes de responderle tomó aire.

—Estoy preocupado por un amigo. No sé nada de él y me quedaría más tranquilo si supiera que no está entre las víctimas del atentado de París.

—¿Su amigo estaba en París en esa fecha?

—En realidad no lo sé, comisario, dijo que se iba de viaje, pero no adónde, y desde hace más de una semana no tenemos noticias de él.

—¿Su amigo es español?

—Sí, de Madrid.

—Entre las víctimas no hay ningún español, afortunadamente.

En la habitación 340 continuaba pegado el cartel «No visitas». Santiago se dirigió al puesto de enfermeras, pero no había nadie, en el fondo se alegró.

Al salir del hospital se le ocurrió una idea y entró en una agencia de viajes.

—¿En qué puedo ayudarle? —preguntó la encargada.

—Quiero un pasaje para París en el primer vuelo de mañana.

—¿Ida y vuelta? —preguntó ella.

Santiago dudó la respuesta.

—No sé si el asunto que me lleva lo concretaré en un solo día. Ponga fecha de regreso pasado mañana.

La galería no había abierto aún sus puertas al público ni los empleados habían llegado. Santiago entró en su despacho y abrió la carta certificada que le había entregado Rogelio. La leyó otra vez detenidamente y tomó buena nota del día en que fue puesta la multa.

Cuando llegó el personal, llamó a Jacobo al despacho.

—Mañana viajo a París, voy a encontrarme con un pintor francés, quiero que firme un contrato con nosotros.

—¿De quién se trata?

—No voy a darte el nombre porque no tengo muchas esperanzas de que lo firme, se muestra reacio a exponer en España. A quien pregunte por mí no le digas dónde estoy, invéntate cualquier cosa.

—Descuida.

—Si llegamos a un acuerdo, te llamo enseguida y podrás entonces comunicárselo al resto de los compañeros.

—Seguro que os entenderéis, todos sueñan con exponer sus obras en la Galería Botello.

—Sí, pero este me temo que no.

—Crucemos los dedos.

—Crucémoslos —apuntilló Santiago.

CAPÍTULO 12

Santiago marchó al aeropuerto para tomar el vuelo a París.

A la hora prevista el avión aterrizó en el aeropuerto París-Charles de Gaulle. Se bajó del avión con la esperanza de averiguar algo. Tomó un taxi que lo llevó a la Jefatura Provincial de Tráfico.

En la Jefatura, explicó al oficial que lo atendió lo que quería. El oficial lo remitió al departamento de extranjería. Subió a la tercera planta y entregó a un funcionario la carta certificada dirigida a Fernando. El funcionario mostró poco interés al cogerla. La leyó y dijo:

—Sí, es una multa, ¿qué problema tiene?

—Saber qué policía la puso —dijo Santiago.

—Ahí lo pone.

—Necesito hablar con él.

—Si no está conforme con ella recúrrala, está dentro del plazo.

—He viajado desde Madrid para hablar con él y no pienso irme sin hacerlo. Exijo hablar con su superior.

El funcionario lo miró fijamente y respondió:

—Tendrá que solicitarlo por escrito, pero ya le digo yo que no.

Santiago alterado preguntó:

—¿Por qué? Deme una buena razón.

—¿Usted está al tanto de lo que ha sucedido?

—¿Se refiere a los atentados?

—¿A qué otra cosa me podría referir? —contestó el funcionario.

—No es la primera vez que les sucede algo así, deberían estar acostumbrados.

La actitud de Santiago no agradó al francés, cogió el teléfono y enseguida llegó un miembro del personal de seguridad.

—Saque de aquí a este individuo.

Sin miramientos, fue asido del brazo y sacado a la calle. Santiago, sin darse por vencido, entró de nuevo y volvió a la tercera planta. Fue leyendo cada uno de los letreros que había en las puertas y cuando advirtió la que indicaba «director general» llamó.

—¡Pase! —Se oyó decir desde el interior.

Entró decidido a todo. Se presentó y soltó su discurso.

—Siéntese —dijo el director general—. Deme la carta.

Después de leerla, mandó buscar al agente *tal*. El tiempo de espera a Santiago se le hizo eterno; miró su reloj y pensó: «Llevo tres horas y cuarto en este maldito lugar».

Se presentó un policía alto y fuerte, de gran bigote rubio.

—Este es el agente —dijo el director.

Santiago lo miró de arriba abajo.

—Usted puso esta multa, ¿lo recuerda?

El policía la examinó y dijo:

—Sí, se la extendí a una señorita que estaba mal aparcada y no quiso marcharse porque esperaba a una amiga.

—¿Una señorita? —preguntó desconcertado.

—O señora, desconozco su estado civil.

—¿Está seguro de que era una mujer?

—Al menos lo parecía.

—¿Puede describírmela?

—Era joven, guapa, rubia, con el pelo suelto, gafas de sol y tenía un tatuaje en la mano derecha.

—¿Sabe su nombre?

—No.

—¿No le pidió el carnet de conducir?

—No me dio tiempo, en el momento de pedírselo recibió una llamada y salió a toda velocidad, casi me atropella —relató el policía.

—Está bien, puede marcharse —dijo el director.

—Una joven —dijo Santiago cauteloso.

—¿Conoce a la conductora?

—No la he visto en mi vida. No sé por qué conducía el coche de mi amigo.

—Parece que tiene usted un problema —se limitó a decir el director.

Santiago permaneció en París hasta el día siguiente, cuando tomó el vuelo de regreso a Madrid.

CAPÍTULO 13

El avión donde Celia viajaba aterrizó en el aeropuerto de Argel. Bajó a tierra con la cara de Abdel bien clavada en su mente, Pedro le hizo mirar la foto hasta la saciedad.

En la terminal reconoció a Abdel, que la aguardaba, un individuo de piel oscura y aspecto agrio. Él la miró y echó a andar, ella lo siguió hasta salir de la terminal.

Abdel se detuvo junto a un todoterreno y le indicó que abriera la puerta izquierda de atrás y entrara. Conducía el coche otro individuo de piel más oscura con gafas negras.

—Arranca —dijo Abdel al conductor.

—¿Adónde vamos? —preguntó Celia en francés.

Ninguno de los dos hombres contestó, hablaban entre ellos en árabe. Ella repitió la pregunta y pasado un rato Abdel le contestó en francés:

—Pronto lo sabrás.

—¿Vamos a reunirnos con Jean? —preguntó ella.

Abdel no respondió. Celia se dio cuenta de que el conductor no dejaba de mirarla a través del espejo retrovisor y sintió miedo de aquellos individuos. Intentó abrir la puerta para salir del coche en marcha, pero el seguro estaba echado.

Los hombres hablaban y se reían, Celia presintió que lo hacían de ella.

—¿¡Adónde vamos!? —dijo gritando—. Quiero bajarme.

—Como no te calles te mato aquí mismo —dijo Abdel tranquilamente.

Celia notó que las fuerzas se le habían ido del cuerpo. Empezó a sudar y sentir frío.

Los hombres dejaron de hablar y su silencio fue más torturador aún que las risas. Después de atravesar un puente de piedra el conductor detuvo el coche. Abdel se apeó y, mirándola, le dijo:

—¡Salga!

Celia, aterrorizada, se resistía a bajar. Abdel la cogió del brazo y tiró de ella. La joven hacía fuerzas con el cuerpo para no salir, pero Abdel la agarró del pelo con la otra mano y la sacó tirándola al suelo.

—¡Levántate! —le gritó.

Intentó levantarse y las piernas no les respondieron. Abdel la aprisionó con las manos y la puso de pie.

—¡Camina! —le ordenó.

Celia, arrastrando los pies, echó a andar. Abdel caminaba detrás. Bajaron una colina y llegaron al cauce de un río que estaba seco. El argelino sacó una pistola y le disparó un tiro en la nuca. Celia cayó al suelo. Abdel la remató disparándole otro tiro. Celia se quedó allí, bajo la mirada de una multitud de cuervos posados en los árboles.

CAPÍTULO 14

Santiago llegó al hospital y subió por la escalera hasta el tercer piso. Intentó ser más amable con las enfermeras. El cartel que prohibía las visitas continuaba puesto en la puerta de la habitación. Se dirigió hacia el mostrador de las enfermeras; por suerte, la enfermera del día anterior no estaba.

—Buenos día, soy el marido de la paciente de la habitación 340, dígame, por favor, ¿cómo ha pasado mi esposa la noche?

La enfermera levantó la cabeza y se le quedó mirando. Aguardó un minuto y contestó:

—En estos momentos está el doctor en la habitación, espere en la puerta y él le informará.

La puerta se abrió y salió el médico. Santiago le preguntó:

—¿Cómo está mi esposa?

—Si todo sigue así, quizá mañana le demos el alta.

—¿Puedo entrar a verla? —preguntó.

—Espere.

El médico llamó a la enfermera.

—El caballero va a pasar, no se retire.

—Muy bien, doctor.

Primero entró la enfermera.

—Tu marido ha venido a verte. —Salió y dijo a Santiago—: Pase, pero solo cinco minutos.

Miriam al verlo trató de no mostrarse nerviosa.

—¿Cómo te encuentras?, me ha dicho el doctor que mañana te dan el alta.

—No es seguro, depende de cómo pase el día.

—Parece no alegrarte la noticia.

—¿Piensas que me gusta estar aquí?

—Miriam, aún no me has dicho qué estabas haciendo para caerte por la escalera.

—Por favor, ahora no.

Un golpe al otro lado de la puerta hizo que se callaran. Se abrió y entró la enfermera.

—El tiempo de visita ha terminado.

Él salió y con la puerta aún entornada dijo:

—Mañana vendré a recogerte, princesa.

***

Jacobo al verlo, entrar en la galería, se acercó y le comunicó:

—Un hombre quiere hablar contigo.

—¿Qué quiere?

—No me lo ha dicho.

—Está bien. Llévalo a mi despacho.

Jacobo lo condujo al despacho y le dijo que aguardara. Poco después entró Santiago.

—Usted dirá —dijo Botello tendiéndole la mano.

—Soy el subinspector Gonzales.

Santiago le vio una mirada escudriñadora y cara de sabueso; se inquietó.

—¿En qué puedo ayudarlo?

—¿Reconoce este coche? —dijo, mostrándole una foto.

La observó y exclamó:

—¿Habría de reconocerlo?

—Dígame el motivo por el que fue a la Jefatura de Tráfico de París.

—Por una multa que le pusieron a un amigo.

—¿Reconoce el coche? —volvió a preguntarle—. Fíjese en la matrícula.

—No conozco esa matrícula.

—¿Esta es la matrícula del coche de su amigo?, le vuelvo a preguntar —dijo el policía.

—Creo que sí. ¿Le ha sucedido algo a Fernando?

—Solo tenemos conocimiento del coche.

—¿Qué le ha pasado?

—Buenos días, señor Botello, gracias por su ayuda.

Cuando el subinspector salió del despacho, Jacobo entró y preguntó:

—¿Qué quería ese hombre?, no tiene cara de marchante.

—No, no es un marchante. Asuntos personales.

—¿Miriam está bien?

—Sí, mañana le dan el alta.

El teléfono del despacho sonó. Era Jeremías:

—Un caballero quiere comprar una pintura y quiere tratarlo contigo.

Santiago se sintió aliviado, no quería hablar del asunto que trajo al policía.

Al día siguiente, Santiago, convencido de que a Miriam le darían el alta, arregló la casa. Dejó dicho en la galería que se tomaría el día libre.

Las horas transcurrían lentas, esperaba impaciente la llamada del hospital. Eran ya las siete y media de la tarde y aún no habían llamado. Por fin sonó el teléfono.

—Señor Botello, a su esposa se le ha dado el alta.

***

Miriam miraba por la ventana los coches que a lo lejos se veían circular por la carretera. Se imaginaba que iba en uno de ellos viajando a cualquier lugar que estuviera a una distancia sideral de Santiago. No le importaba saber dónde estaba Fernando ni con quién. Ella solo quería desaparecer. Le ahogaba saber que su marido abriría pronto la puerta y se la llevaría de vuelta a casa. Y sucedió lo que Miriam no quería que sucediera, la hora de dejar el hospital. Santiago entró con un ramo de rosas en la mano. Se acercó a ella y besándola en la mejilla dijo:

—Rosas para mi más apreciada flor, mi hermoso pajarillo.

Miriam cogió las flores y captó el mensaje que él le lanzó.

—¡Vamos a casa!, ya no haces nada aquí.

—El médico aún no ha traído el alta firmada —dijo ella.

Al poco entró el doctor.

—Recuerde, Miriam, que ha de guardar reposo, no es necesario que esté en la cama, con que esté tumbada es suficiente. No haga esfuerzos al menos en un mes. Y, sobre todo, esté tranquila emocionalmente, es lo más importante para su recuperación —dijo esto mirando a Santiago.

—Gracias, doctor.

—¡Cuídese!

Al llegar y abrir Santiago la puerta a ella se le cayó la casa encima. Los días en el hospital habían sido para Miriam, a pesar del dolor, unas vacaciones. El estar lejos de él le había devuelto las ganas de vivir. Pero la felicidad eterna no existe.

—Ya estás en casa, querida, ahora a descansar como te ha dicho el doctor, ya habrá tiempo para que me cuentes qué hacías o buscabas cuando te caíste por la escalera, no pienses que he perdido la curiosidad por saberlo —dijo, acariciándole el pelo.

Ella no contestó y cogida a la pared llegó al salón.

—Te prepararé el sofá para que te tumbes.

—Prefiero irme a la cama.

—Como quieras. Subo para ayudarte.

«No, no te molestes, puedo hacerlo sola», pensó decirle, sin embargo, no lo dijo.

—Gracias —terminó por decirle.

Él le desabrochó la cremallera del vestido y cuando quedó la espalda descubierta comenzó a besársela.

—No sabes cuánto he deseado que llegara este momento.

—Por favor, Santiago, estoy muy cansada.

Santiago continuó besándola.

—Por favor, basta, me haces daño —suplicó Miriam llorando.

—Está bien. Esta noche dormiré en el cuarto de invitados, pero me debes muchas noches y me las voy a cobrar.

CAPÍTULO 15

Al día siguiente de dejar a Celia en el aeropuerto, Pedro regresó al monte. La mañana estaba fría y las nubes grises dibujaban en el cielo figuras poliformes. Por el lado oeste de la carretera que llevaba a la casa se divisaban algunos relámpagos. Comenzó a llover antes de que llegara a lo alto de la cuesta. La puerta de la casa estaba tal como él la dejó, entró y comenzó a abrir cajones y levantar cojines buscando por todos los rincones. Cansado de buscar, hizo una llamada.

—¿Qué ocurre? —contestaron al otro lado del aparato en francés.

—La agenda no está aquí, se la llevaría él.

—Él no la llevaba —dijo el otro.

—Pues aquí no está, he buscado por todos los sitios y no aparece. ¿Qué hago?

—Levanta el suelo si es necesario, pero encuéntrala. La orden viene de arriba.

Pedro, tragando saliva, dijo:

—Si no está, no está. Yo no puedo hacer magia.

—Tú verás lo que haces, pero encuentra la agenda.

Pedro colgó el móvil e irritado tiró todos los libros del estante al suelo.

—¡¿Dónde has escondido la maldita agenda?! —gritó.

La lluvia caía con fuerza, un río de agua bajaba de la pineda. Pedro, desoyendo la orden, abandonó la casa y subió al coche; sin parar los parabrisas un solo instante, consiguió llegar al final de la bajada. Antes de entrar en la carretera se acordó de la cabaña. Maldiciendo dio la vuelta. Buscó en ella y tampoco estaba. Bajó del monte muy preocupado, no podía entregar la agenda como se le había ordenado.

Obligado por la organización, Pedro acompañado de Luca volvió a la casa.

—¿Dónde la habrá puesto? —preguntó Luca.

—Arriba no está, he buscado bien.

Luca, señalando la puerta, dijo:

—La puerta está cerrada con llave.

—Recuerdo que Celia me dijo que no encontró la llave para abrirla.

Pedro le dio una patada pensando que la abriría, pero no fue así. Lo intentó de nuevo dándole otra patada y lo mismo.

—Así no la abrirás nunca.

—¿Tú qué propones?

Luca golpeó en la puerta:

—Es una puerta de seguridad, necesitamos una llave *bumping*, es la única manera de abrirla.

—Pero aquí no tenemos.

—Entonces habrá que ir a buscar una —sentenció Luca.

—Voy a mirar por la ventana de afuera.

Cuando Pedro iba a entrar en la casa, Luca salía con las llaves del coche.

—¿Has visto algo? —preguntó.

—Sí, a ese.

—Voy a la ciudad, traeré la llave.

—Procura no tardar.

Pedro, aprovechando que estaba solo, hizo una llamada. Pese a que nadie contestaba se oía la respiración.

—Soy Pedro, ¿has tenido noticias?

Tras un breve silencio, una voz al otro lado contestó.

—Aún no.

—¿Sigues en París?

—No

—¿Dónde estás? ¿Te has ido solo?

—Sí. No pienso decirte dónde estoy. ¿Cómo te ha ido a ti?

—Estoy en el pinar.

—Qué haces todavía ahí, ¿por qué no te has largado?

—Concluir una misión —contestó Pedro.

—¿Dónde está Celia?

—En Argel, Abdel la recogió. ¿Sigues en contacto con Fran? —preguntó Pedro.

—Le perdí la pista. Quizá sea esta nuestra última conversación —dijo George.

—Tal vez —respondió Pedro, concluyendo la conversación.

Luca regresó con la llave *bumping*.

—¿Sigues buscando la agenda? —preguntó.

Pedro lo miró fríamente y respondió:

—Tal vez sepas tú dónde está.

—Sabes que ese no es asunto mío. Yo de los míos me ocupo bien.

—Dame la llave —le pidió Pedro.

—No, la abriré yo.

Luca introdujo la llave por el ojo de la cerradura y la puerta se abrió. Entraron y encontraron a Fernando maniatado de pies y manos y con la boca taponada. Estaba inconsciente y la herida de la cabeza tenía muy mal aspecto.

—¡Está muerto! —exclamó Pedro.

Luca se acercó y le tomó el pulso.

—Aún no —dijo.

—Tengo también órdenes de matarlo —aclaró Pedro.

—Metámoslo en el coche, será mejor que busquemos un sitio donde dejar el cuerpo después de que lo hayas matado.

Metieron a Fernando en el maletero. Bajaron la cuesta y al llegar a la carretera Luca giró a la derecha hasta alcanzar un acantilado, allí se detuvo.

—Bájate y echa un vistazo.

Pedro se bajó y en el filo del precipicio, mirando hacia abajo, dijo:

—Tardarán en dar con él.

Luca cogió una pistola de la guantera y desde el asiento, sin mediar palabra, le disparó. El cuerpo sin vida de Pedro cayó por el precipicio. Luca arrancó el coche y regresó a la carretera. Se detuvo y, asegurándose de que no venía ningún vehículo, abrió el maletero, sacó a Fernando y en el suelo le disparó, dejándolo allí.

CAPÍTULO 16

Santiago se levantó, se asomó al dormitorio y vio que Miriam estaba dormida.

Antes de preparar el desayuno, abrió el buzón de correos y cogió la correspondencia, el día anterior se olvidó de hacerlo. Mientras se bebía el café, echó un vistazo al periódico. En primera página aparecía la noticia de que había sido hallado con un tiro en la cabeza el presunto asesino del senador francés Lemiare. La bocanada de café en la boca se negó a bajarle por la garganta, viéndose obligado a arrojarla al fregadero. Apoyado en la encimera, se dijo para sí: «¡Desecha ese pensamiento!».

Al salir de la cocina se encontró a Miriam tumbada en el sofá.

—¿Estás aquí?, no te he oído bajar. Cuando entré en el dormitorio dormías. ¿Cómo se ha levantado mi princesa? ¿Qué te apetece para desayunar?

—Me he levantado sin apetito —contestó sin mirarlo.

Santiago fue a la cocina y le preparó dos rebanadas de pan de molde con aceite y jamón, un zumo de naranja recién exprimido, café y un trozo pequeño de tiramisú.

—Te lo vas a comer todo como una buena chica.

—Por favor, con el zumo tengo bastante.

Santiago ensangrentó los ojos y la miró fijamente.

—Princesa, no hagas que me enfade. Sé buena chica y cómetelo, no me moveré de tu lado hasta que te hayas terminado el último bocado.

Miriam empezó por el zumo y continuó con el café. Se comió las tostadas y retiró el plato con el tiramisú. Él se lo acercó de nuevo y señalándolo con el dedo la obligó a comérselo. Miriam era consciente de que lo engullido no permanecería mucho tiempo en su estómago.

—¿Has visto, princesa?, cuando quieres eres buena chica. Descansa, yo me voy a la galería. Te llamaré.

Se acercó más a ella y la besó en la boca.

En cuanto él salió por la puerta, Miriam fue al baño y vomitó todo. La habitación comenzó a darle vueltas y se desplomó. Al despertarse, tenía la bata llena de vómito y un dolor agudo le atravesaba la espalda. Con dificultad lavó la bata y la secó para que Santiago no se enterase de lo sucedido. Se tomó un calmante y volvió a tumbarse. Cerró los ojos y vio pasar por su mente su vida como una película. Revivió su anodina vida al lado de Santiago, y se asustó. Había leído que en algunas culturas antiguas se creía que quien revivía el pasado moría días después. Se estremeció. Abrió los ojos de golpe y respiró profundamente llenándose los pulmones con todo el aire de la habitación.

—No, no quiero morir. No quiero morir —dijo en voz alta.

Alcanzó a coger el móvil y marcó el número de Lola. Lola no contestó. «Debe de esta en clase», pensó.

—¡Maldito seas, Fernando! Estaba dispuesta a abandonarlo todo por ti si me lo hubieras pedido. Que te vaya bien con tu francesita...

El móvil sonó y en la pantalla salió el nombre de Santiago. Miriam lo dejó sonar.

***

Él dejó el teléfono sobre su mesa, cavilando por qué no le había contestado. Minutos después, desvió su pensamiento hacia la persona de Fernando: «¿Dónde estás, cabrón de mierda? Te crees muy listo, pero yo lo soy más que tú».

—Voy a salir. El móvil lo llevo apagado, si surge cualquier problema lo resuelves tú —dijo a Jacobo.

—¿Miriam está bien? —preguntó.

—Estupendamente.

Santiago cogió el coche y se encaminó a la comisaría. La calle estaba muy transitada y en cada uno de los peatones veía la cara del pintor.

En comisaría dijo al policía de las puertas que quería hablar con el comisario Bermúdez.

—Dígaselo a aquel compañero —le indicó.

Santiago se acercó al policía que estaba detrás de la primera mesa y dijo lo mismo.

—Espere aquí —dijo.

El agente entró en una zona acristalada y al poco regresó.

—Acompáñeme.

En el despacho, el comisario al verlo le preguntó:

—Señor Botello, ¿qué le trae por aquí? ¿Tiene noticias de su amigo?

—Precisamente estoy aquí para preguntarle a usted.

—Del señor Santori seguimos sin saber nada, pero según nos ha informado la policía francesa su coche apareció quemado a las afueras de París.

Santiago al oírlo se quedó lívido.

—¿Qué le ocurre, señor Botello, se encuentra mal?

—¿Tienen alguna fotografía del terrorista que mató al senador francés?

—¿Por qué? —preguntó el comisario.

—Necesito verla.

—¿Cree usted que el señor Santori tiene algo que ver con el atentado?

—Desde luego que no, señor.

—Entonces, ¿qué supone?

—Aun así, si usted no tiene inconveniente me gustaría ver esa foto —dijo tartamudeando.

El comisario sostuvo la mirada en Santiago. Se levantó del sillón, y de un archivador sacó una fotografía.

—Le advierto que la imagen no es muy agradable de ver.

A Santiago le sudaban las manos al coger la foto. El comisario lo observaba.

—¿Lo conoce? —preguntó.

Él se limitó a negar con la cabeza y a preguntar:

—¿Se sabe quién quemó el coche?

—Eso tendrá que preguntárselo a la policía francesa, es la que lleva el caso.

—Y ustedes, ¿están buscando a Fernando?

—Nadie ha denunciado su desaparición.

Santiago salió aliviado de comisaría, no era aquel el final que quería para Fernando.

Miriam se quedó dormida y despertó poco antes de que Santiago llegara. Cuando oyó abrirse la puerta de la calle volvió a cerrar los ojos. Al entrar en el salón, Santiago la creyó dormida y cogiendo un libro de la estantería lo dejó caer al suelo con fuerza; ante el estampido del libro, Miriam abrió los ojos sobresaltada.

—Lo siento, princesa, ¿te he despertado?, no sé cómo se me ha caído.

Miriam lo miró como el que mira a una rata.

—Traigo comida china. Voy a poner la mesa. Ahora vengo y te ayudo a levantarte.

—No te molestes, ya me levanto yo.

—Recuerda lo que te dijo el médico, debes estar tranquila emocionalmente y quiero mimarte. No me quites ese gusto —apuntilló.

Con la mirada acobardó de nuevo a Miriam, y de su brazo entraron en la cocina.

—Yo te serviré.

—Poco, por favor, tengo el estómago levantado, te lo dije esta mañana.

Le sirvió una cantidad suficiente como para que apurara el plato sin ganas.

Una vez que terminaron de comer, sacó del frigorífico una caja.

—Ahora el postre, la tarta debe estar exquisita por lo que me ha costado.

Miriam no rechistó, se comió junto a la tarta su ira.

—Dónde tendré la cabeza, se me olvidaba decirte que he visto a Fernando y me ha propuesto que cenemos mañana los cuatro: nosotros dos, él y su pareja, tiene ganas de presentártela. Yo le he dicho que hemos de posponer la cena hasta que tú te encuentres bien. Mira que si ella y tú os hacéis amigas y salimos los cuatro sería fantástico. ¿No piensas lo mismo?

Miriam no pudo contenerse y vomitó allí mismo. El estómago le ardía, sintió de nuevo una fuerte punzada en la espalda y se desvaneció. Santiago la cogió en brazos, la tumbó en el sofá y le dio aire. Al abrir los ojos creyó ver en la cara de Santiago la cara de un dragón y el fuego que le salía de la boca la quemaba. Gritó trastornada e intentó levantarse. Él la sujetó con fuerza, apoyándole la cabeza en el pecho.

—Tranquila, ya ha pasado todo. Estoy aquí junto a ti para siempre.

Miriam vomitó de nuevo sobre Santiago, que reaccionó levantándole la mano, ella asustada se tapó la cara.

—¿No habrás creído que te iba a pegar? Eso nunca, siempre y cuando tú no des motivos. ¿Has dado alguno ahora?

Miriam negó con la cabeza.

—Entonces no tienes nada que temer. Dame un beso.

Miriam le acercó los labios a la mejilla y lo besó.

—¡Te he dicho un beso! —gritó, echándose sobre ella.

Miriam sintió otra punzada en la espalda aún más fuerte, se estremeció y ese movimiento lo excitó a él. Echándole mano al pantalón del pijama, se lo quitó ante la resistencia de ella, luego sin compasión la forzó.

—Me lo debías —le dijo.

CAPÍTULO 17

La tarde dio paso a la noche y el frío arreciaba. Los sanitarios de urgencias atendieron una llamada y acudieron al lugar indicado. Recogieron con celeridad el cuerpo de un hombre.

—No le encuentro el pulso —dijo un sanitario colocándole la mascarilla de oxígeno.

Cuando llegaron al hospital y entraron al paciente, el médico de la ambulancia gritó:

—¡Rápido, hay que llevarlo al quirófano!

Sin demora el cirujano comenzó a operar.

—Se nos va —dijo la enfermera instrumentista.

—Es joven, tiene que resistir —dijo el cirujano.

Tras un espacio de tiempo tenso para el equipo de quirófano, la enfermera esta vez dijo:

—Se han estabilizado las constantes.

—Hemos tenido suerte —dijo el doctor Otero.

Del quirófano fue llevado a la sala de reanimación, estaba grave, pero no se temía por su vida.

—¿Se sabe quién es el paciente? —preguntó el doctor Otero fuera de quirófano.

—Entró indocumentado. No se sabe quién es —dijo la enfermera circulante.

Después de recibir una llamada del 112, una ambulancia se presentó junto con la policía en el lugar de los hechos. Dada la hora en que se efectuó el aviso, por parte de la policía solo se pudo acordonar la zona donde fue encontrado el cuerpo de la víctima.

Al día siguiente, el inspector Arroyo y su equipo se preparaban para iniciar la investigación del caso:

—Subinspector Rubiales y agentes Romero y Padilla, iréis al lugar donde fue encontrada la víctima. Peináis bien la zona y alrededores. Agente Viyuela, irás al domicilio de la persona que encontró el cuerpo.

El inspector Arroyo se presentó en el hospital. Se dirigió hacia el mostrador de admisión y enseñó su placa a la enfermera.

—Deseo hablar con el director del hospital —dijo.

La enfermera llamó por teléfono.

—Aguarde un momento, por favor.

Un celador se acercó al policía:

—Acompáñeme, señor.

En su despacho, el director le dijo:

—Entró indocumentado.

—Es preciso que hable con el médico que lo intervino.

—No sé si estará operando en este momento, espere y preguntaré.

Minutos después añadió:

—Está en el quirófano, no puedo decirle el tiempo que durará la intervención.

—Lo comprendo. Por favor, dígale que llame a comisaría.

—Nos ponemos a su disposición.

—Gracias —dijo el inspector.

El subinspector Rubiales y el agente Romera se trasladaron con otros agentes al lugar donde fue encontrado el cuerpo de la víctima. El lugar ya estaba acordonado y se procedió a la inspección ocular del terreno. Se tomaron huellas de las ruedas de un vehículo.

El agente Viyuela se presentó en la casa de la persona que encontró el cuerpo y avisó al 112. Tras mantener una conversación con él y responder a una serie de preguntas, se dio por terminado el interrogatorio. El hombre fue advertido de que tendría que comparecer siempre que fuese requerido.

El equipo de policías se reunió en el despacho del inspector Arroyo para dar el informe. En la inspección ocular, aparte de las huellas, se encontraron algunas fibras que serían examinadas.

Dos horas después de la visita del inspector al hospital, el doctor Otero llamó a este y le informó:

—Le extrajimos una bala muy cerca del corazón, ha tenido mucha suerte. Al parecer, quien le disparó tenía prisa y no afinó el disparo. También traía una herida en la cabeza en muy mal estado. La bala está a su disposición.

—¿A qué hora pudo ser disparado?

—Alrededor de tres a cuatro horas antes de haberlo encontrado, perdió mucha sangre.

—¿Y qué quiere decir una herida en mal estado, doctor?

—Que estaba bastante infectada.

—¿Sabe cómo pudo hacérsela?

—Debieron golpearlo con violencia con una piedra. Me atrevo a decir que de dos a tres días antes de que le dispararan. Por el análisis de sangre que se le ha hecho se sabe que ha estado plenamente drogado durante varios días.

—¿Qué le dieron? —preguntó el inspector.

—Lo detallaré todo en el informe.

—¿Cómo se encuentra ahora?

—Está en la UCI. Pero está estable.

—¿Cuándo podré hablar con él?

—Tendrá que esperar al menos cinco o seis días.

—Comprendo. Sería importante tener el informe hoy mismo.
—Por supuesto, inspector.
—Ha sido de gran ayuda, doctor Otero.

CAPÍTULO 18

La decisión de retomar las clases la ayudaría a aliviar la presión que Santiago venía ejerciendo últimamente sobre ella.

Miriam entró en la sala de profesores, contenta de haber vuelto a la facultad; pese a disimular sus ojeras con maquillaje, saltaba a la vista que no estaba recuperada del todo. Eduardo Azpeitia al verla entrar se levantó del asiento, fue hacia ella y besándola en la mejilla le dijo:

—Querida, cómo me alegra verte de nuevo.

—Yo también os he echado de menos.

El resto de los profesores allí reunidos la saludaron. Eduardo Azpeitia, tomándola del brazo, la sacó de la sala.

—Me has tenido muy intranquilo. Te he llamado varias veces y al no contestarme me he preocupado, máxime cuando ayer después de segunda hora te llamé y respondió tu marido. Me dijo que no te llamara más porque necesitabas guardar reposo, y al verte aquí me he sorprendido.

—En el hospital no tenía teléfono. Estoy bien, no te preocupes.

A cierta distancia se oyó un grito de alegría. Era Lola. Miriam volvió la cabeza y la vio corriendo por el pasillo. Ella salió a su encuentro y se dieron un abrazo.

—Dime, ¿tan mal has estado para no poder cogerme ni una sola vez el teléfono? Ha sido tu marido quien me ha tenido informada.

—Pero ¿tú sabes el número del móvil de Santiago? —preguntó sorprendida.

—No, llamaba al tuyo, pero siempre contestaba él.

Los alumnos le dieron la bienvenida a la profesora Andrade. El estar de nuevo ocupando su sillón le devolvió la vida. Miriam había salido de su sepultura, ahora se sentía viva. El tiempo que le durase ese sentimiento estaba por ver.

Finalizadas las clases, Lola la animó para irse a tomar una cerveza.

—No quiero un *no* por respuesta —dijo.

—Está bien, pero solo una.

En el bar de la facultad se sentaron a la mesa que había junto a una ventana, se veía el jardín. Lola abrió la ventana y entró un agradable olor a *Ave del paraíso*. Miriam le dijo:

—Espero una llamada y creo que tengo el teléfono mal, llámame, *porfa*.

Lola marcó su número y el móvil no sonó. Miriam, sin apurar la cerveza, se despidió de Lola.

—Nos vemos mañana —dijo.

—No has terminado de tomarte la cerveza, ¿adónde vas?

—¡Adiós!

Miriam fue a un centro comercial, al departamento de telefonía.

—Creo que mi teléfono debe tener algún problema —dijo al encargado.

—¿Qué le ocurre?

—No recibo las llamadas.

—Déjeme ver, por favor.

Después de examinarlo, el encargado dijo:

—Tiene activado el desvío de llamadas.

—¿Cómo que desviadas?

—Sus llamadas las recibe otro número.

—¿Me puede decir a qué número están siendo desviadas?

—Por supuesto. ¿No las ha desviado usted? —preguntó el joven.

—No.

El encargado le dijo el número de móvil.

—¿Conoce este número?

—Sí —afirmó ella.

—Si usted no ha autorizado el desvío, la persona que lo haya hecho ha cometido un delito, puede denunciarla —le informó el encargado.

—Todo se hará a su tiempo. Deme otro teléfono —pidió ella.

Miriam salió del centro comercial satisfecha. Llamó a Lola.

—Anota mi nuevo número de teléfono, olvídate del otro, ¿has entendido?

—Sí, que te llame a este número y me olvide del otro. ¿Ocurre algo que me quieras contar? —preguntó preocupada.

—No, nada, el otro teléfono estaba mal.

Santiago, en la casa, esperaba impaciente la llegada de Miriam. La decisión de retomar las clases la tomó sin consultarla con él. Tenía la necesidad de liberarse de la presión que ejercía sobre ella después de salir del hospital.

Al llegar, Santiago sostenía una copa de vino en la mano.

—¿Dónde has estado? Me tenías preocupado.

—En la facultad, los compañeros me han dado la bienvenida al terminar las clases —contestó, quitándose la chaqueta.

—Que no se vuelva a repetir el tomar una decisión sin consultármela —dijo entrando en la cocina.

La cocina, junto con el dormitorio, se había convertido en un lugar de tortura para Miriam. Lugar donde no podía evitar estar cerca de él. Se sentó esperando la nueva de Santiago.

—He acordado con Fernando que la cena será en esta semana.

La noticia le golpeó a Miriam en la cabeza como un martillo y la hizo toser varias veces con una tos profunda. Santiago le acercó un vaso con agua.

—Veo que la noticia te ha agradado.

—Debiste consultármelo antes —dijo Miriam.

—¿Qué es lo que debí consultarte?

—Si quiero ir a cenar.

Santiago se limpió la boca y dejó la servilleta sobre la mesa diciendo:

—Se da por hecho que quieres ir.

—Pues no quiero ir.

—Princesa, ¿has olvidado quién toma las decisiones en esta casa?

—Sí.

—Te recuerdo que las decisiones las tomo yo.

—¿Desde cuándo las tomas solo tú?

—Desde ahora.

De nuevo el dragón apareció ante Miriam.

—No tienes por qué preocuparte, estaremos entre amigos. ¡Ah!, se me olvidaba, la cena la haremos aquí.

Miriam terminó de derrumbarse. Cuando tuvo fuerzas para levantarse de la mesa, salió de la cocina. La comida que había tragado le daba vueltas en el estómago. Entró en su despacho huyendo de Santiago y de sus vomitivas ideas. En condiciones normales disfrutaba preparando sus clases, el tema que tocaba hoy era la pintura del cuatrocientos. Debía seleccionar filminas y hacer esquemas, pero en ese momento su cabeza no estaba apta para pensar en Botticelli ni en Fra Filippo Lippi, ni siquiera en Da Vinci; su cabeza estaba en la puta cena. Frente al ordenador empezó haciendo un esquema del tema. Había transcurrido una hora y solo había escrito el título. Cogió un cigarro tras dos días sin fumar, lo encendió, le dio una calada y le supo mal el sabor del tabaco. Mirando cómo se consumía, lo aplastó en el cenicero viendo su vida consumida y aplastada como el cigarro. Santiago se lo estaba poniendo difícil, muy difícil, y ella era consciente de que la estaba castigando con obligarla a cocinar para Fernando y su amiga. Santiago la había puesto en la picota.

—No seré capaz de aguantar la presencia de ella, ni a ti de mirarte a la cara. ¿No has tenido bastante con dejarme? ¿Tienes también que regocijarte con mi dolor? —Miriam decía esto con la mirada perdida.

La voz de Santiago se oyó al otro lado de la puerta.

—Me voy, no me esperes para cenar. Llamaré a Fernando y le diré que el sábado tendremos la cena. Hasta luego, princesa.

Minutos después, Miriam entreabrió la puerta del despacho y vio la puerta de la calle cerrarse.

—¡Malditos seáis tú y Fernando! —exclamó, llorando con la frente apoyada en la pared.

Cuando la vida no nos sonríe intentamos desplegar las alas, aunque oxidadas, para echar a volar. Cansada de llorar, Miriam cayó en un sopor profundo. Como en un ensueño, se veía caminando por un campo de trigo con sus espigas verdes y entre las espigas las amapolas. El sol suave acariciaba su rostro. Atravesó el campo y llegó a un riachuelo cristalino, con la mano cogió agua para beber y estaba amarga. Dejó atrás el riachuelo y llegó a una montaña escarpada, coronada por un encinar. Con gran dificultad llegó a la cima y descansó a la sombra de los árboles. Abrió los ojos sin saber si había subido a la cima de la montaña dormida o en vigilia. Era incapaz de distinguir una fantasía de la realidad. La escasa luz que entraba de la calle llenaba de sombras el despacho. Miriam se vio rodeada de recuerdos que, como las sombras, se movían en la penumbra.

CAPÍTULO 19

Estaba el cielo estrellado y Santiago salió de la cama, no había dormido bien. Había soñado con muchos hombres vestidos de blanco. Cuando salió de la casa Miriam aún seguía dormida.

El médico de planta, el doctor Muñoz, dio aviso al inspector de policía de que el paciente ya había salido de la UCI.

El inspector, acompañado del médico, entró en la habitación 220. El médico se dirigió al paciente:

—¿Cómo se encuentra esta mañana?

—Me molesta la herida —contestó Fernando.

—Este señor es el inspector Arroyo y quiere hablar contigo.

—Gracias, doctor —dijo el inspector.

El médico salió y los dejó solos.

—Siento molestarlo, pero es necesario que me responda a unas preguntas.

—Está bien, pero le advierto que no recuerdo nada de lo sucedido.

—Dígame su nombre completo, dirección y a qué se dedica.

Fernando contestó al inspector.

—¿Recuerda quién pudo dispararle?

—Ya le he dicho que en mi mente no hay nada. Lo único que recuerdo es que se me averió el coche en la carretera y un coche que en ese momento pasaba paró, y la pareja que lo ocupaba me invitó a quedarme con ella en su casa mientras me arreglaban el vehículo.

—¿Los conocía de algo?

—No, ni siquiera los conocía.

—Señor Santori, es muy importante que me diga todo lo que recuerde por muy pequeño que sea el detalle. A veces los pequeños detalles nos descubren grandes cosas. ¿Recuerda a dónde lo llevaron?

—Creo que la casa estaba a la salida de Alicante. Subimos una cuesta muy empinada hasta llegar a un bosque de pinos, pero puedo decirle que en el trayecto tuve la impresión de haber pasado varias veces por el mismo sitio.

—¿Recuerda cuántos días estuvo allí?

—No sé el tiempo. Recuerdo que el día que llegué comí con ellos en su casa, luego me trasladaron a una cabaña que tenían. Recuerdo también que estuve en el bosque pintando, a partir de ahí solo veo niebla.

—¿Le dijeron a qué se dedicaban?

—Creo que me dijeron que ella tocaba el violonchelo en una sinfónica y él era director de orquesta.

—¿Dónde está su coche?

—Supongo que estará en el taller todavía.

—Le vuelvo a preguntar, ¿recuerda cuántos días estuvo con ellos?

—Ya le he dicho, inspector, que a partir de ahí no recuerdo nada. Cuando desperté de la anestesia el doctor me explicó por qué estoy aquí.

—¿Recuerda sus nombres?

—Leo y Lucía.

—¿Podría describirlos?

—Él era un tipo corriente, alto, delgado, moreno, con barba de varios días. En ella me fijé mejor. Era muy guapa, rubia, con el pelo largo, de ojos azules y piel muy blanca.

—Ya veo que en ella sí se fijó. ¿Tenía algún lunar, tatuaje, cicatriz?

—Llevaba en la mano un tatuaje. ¿A qué viene tanta pregunta?, no pensará que ellos me han hecho esto...

—Yo no creo nada, señor Santori, yo me limito a investigar los hechos. ¿Dónde está su documentación?

—Supongo que la llevaría encima.

—Cuando lo encontraron no la llevaba. ¿Le dijo a alguien dónde estaba parando?

—Que yo recuerde no me puse en contacto con nadie.

La puerta de la habitación se abrió y entró el doctor Muñoz.

—Es suficiente por hoy, inspector, el paciente necesita descansar.

—Está bien. —Dirigiéndose a Fernando añadió—: Si recuerda algo, por favor, llámeme.

—Lo haré, inspector.

***

En la galería, Santiago no prestaba atención a lo que Jacobo le decía referente a la nueva exposición que tendría lugar en pocos días.

—Te encuentro preocupado, ¿sucede algo? —preguntó Jacobo.

—¿Has soñado alguna vez con hombres vestidos de blanco?

—¿Cómo dices?

—¿Has soñado con hombres vestidos de blanco? —repitió.

—No sé, ¿por qué lo preguntas?

—Anoche lo soñé yo.

—¿Y eso te preocupa?

—Fue un sueño muy extraño.

—Hay libros que hablan de los sueños, si tanto te preocupa busca en uno.

—Sigamos con el trabajo —dijo Santiago.

Finalizados los pormenores de la exposición, Santiago marchó al domicilio de Fernando. El portero recogía el correo.

—Buenos días. ¿Don Fernando Santori ha regresado ya de su viaje?

—¿Quién pregunta? No estoy autorizado a dar información acerca de los propietarios —dijo el portero, con algunas cartas en la mano.

—Santiago Botello, propietario de la galería de arte donde expone el señor Santori.

—Usted perdone. Don Fernando no ha regresado.

—¿Se ha puesto en algún momento en contacto con usted?, necesito hablar con él y su teléfono está fuera de cobertura.

—No, señor.

En la acera de enfrente había una librería. Cruzó la calle y entró en ella. Compró el libro *Sepa qué le depara el futuro a través de los sueños*, del profesor Lovesky.

En su despacho ojeó el libro. Pasando las páginas, Santiago encontró un apartado donde el profesor Lovesky hablaba del significado de los sueños en los que aparecen hombres vestidos de blanco. De las interpretaciones dadas por Lovesky ninguna declamaba buen augurio.

—¡Esto no me gusta! —exclamó.

Llamó a comisaría y pidió hablar con el comisario.

—¿Tienen noticias de Fernando Santori? —le preguntó.

—Esta mañana nos ha llegado un comunicado de la Policía de Alicante: el señor Santori fue encontrado tirado en la carretera, alguien le había disparado.

—¿Está muerto? —preguntó, turbado por la noticia.

—No. Por suerte ha salvado la vida.

—¿Y saben quién le ha podido disparar?

—Es cuanto puedo decirle, el caso se está investigando —respondió el comisario.

—Podrá al menos decirme dónde está para ir a verlo.

—Lo siento, señor Botello.

—Está bien, comisario.

Santiago apagó el teléfono y dejó el móvil sobre la mesa, enseguida encontró sentido a los hombres de blanco. «Has tenido suerte esta vez, cabrón», pensó.

Llamó a Jacobo.

—Mañana salgo temprano para Alicante, voy a encontrarme con un marchante.

—¿Con quién?

—No lo conoces, ni yo tampoco, por eso voy a encontrarme con él allí. Ya te contaré a mi regreso.

CAPÍTULO 20

Santiago salió para Alicante con los primeros albores del día, se marchó sin decir nada a Miriam. Pensaba llamarla más tarde.

Una vez que estuvo en Alicante, fue directamente a la comisaría. Lo recibió el inspector Arroyo.

—Siento no poderle dar más información de la que le han dado en Madrid —dijo.

—Dígame al menos, inspector, en qué hospital se encuentra mi amigo para ir a verlo.

—Tiene prohibidas las visitas.

—¿Han avisado a su familia?

—Señor Botello, no debe preocuparse de nada, deje a la policía hacer su trabajo —le advirtió el inspector.

Santiago, no contento con la respuesta que le habían dado, decidió investigar por su cuenta en qué hospital estaba. Buscó la dirección de cada uno de los hospitales de la capital.

Un taxi lo llevó al primer hospital que había anotado en su lista. Le dijo al taxista que lo esperase. En menos de cinco minutos salía decepcionado. De nuevo le dio otra dirección al conductor. En admisión preguntó a la auxiliar la habitación que ocupaba Fernando Santori. La auxiliar buscó en el ordenador.

—No aparece nadie aquí ingresado con ese nombre —dijo.

—¿Ha mirado usted bien? Me han dicho que está en este hospital.

—Lo siento, le han informado mal.

—Por favor, vuelva a mirar.

La auxiliar buscó otra vez.

—No está aquí.

Santiago entraba por la puerta del último hospital convencido de que encontraría a Fernando allí. Aguardó en la cola de admisión y cuando llegó su turno dio los datos.

—Lo siento, no hay nadie ingresado con ese nombre.

—¡Imposible! —dijo, subido de tono—. Usted está equivocada, Fernando Santori tiene que estar ingresado.

La auxiliar llamó a seguridad y fue invitado a abandonar el hospital.

Su cabeza era un hervidero. ¿Cómo era posible que Fernando no estuviera ingresado en ninguno de los hospitales? «¿Y si fuese toda una farsa de la policía?», pensó.

Santiago llegó a su casa de madrugada. Al abrir la puerta recordó que no había llamado a Miriam desde Alicante, como pensó hacer. Por otra parte, ella tampoco lo había llamado preguntándole y le molestó que no lo hiciera.

Entró en el dormitorio y Miriam dormía. Procuró no hacer ruido para no despertarla, ya hablaría con ella por la mañana.

***

Cuando Miriam abrió los ojos, el despertador marcaba las seis y media de la mañana y las claras del día entraban por la ventana. Vio a Santiago dormido y ella apuró unos minutos más en la cama, la primera clase que tenía era a las ocho. Al cambiar de postura, Santiago extendió el brazo y la abrazó, ella intentó escabullirse sin conseguirlo y él acercó su cuerpo más al de ella.

Miriam sentía cada roce de Santiago como si fuera una alimaña devorándola.

Se levantó a las siete y cuarto, era demasiado tarde. Entró en el baño y mientras el agua caía por su cuerpo lo frotaba con rabia limpiando en cada poro de su piel el rastro que hubiera de Santiago.

Se marchó a la facultad sin desayunar y sin saber por qué Santiago había llegado de madrugada.

CAPÍTULO 21

Luca entregó la agenda a la organización. Cuando acabó con la vida de Jean disparándole un tiro en la sien, además de la vida también le quitó la agenda.

Pedro murió sin saber que la agenda la tenía Luca. Su cuerpo fue hallado por unos excursionistas. La policía se presentó en el lugar de los hechos y el cadáver fue llevado al Instituto Anatómico Forense para practicarle la autopsia. La noticia salió en el periódico de la mañana, pero del cuerpo de Fernando no se decía nada.

Luca fue llamado a comparecer ante el comité, era la primera vez que lo hacía. Un coche lo recogió para llevarlo, y antes de subirse un individuo con la cara cubierta con pasamontañas le tapó los ojos con una venda. El trayecto que hicieron fue largo. Cuando el coche se detuvo, el hombre lo sacó asido del brazo y entraron en una casa.

En una habitación, sentados detrás de una mesa larga, había cinco individuos a los que Luca no podía ver. Una voz de hombre le dijo que se sentara. Otra voz de hombre le ordenó que narrara el suceso de Pedro; Luca dedujo por el acento que el individuo que acababa de hablarle era marsellés.

Luca narró desde el momento en que Pedro y él llegaron a la casa de Jean. Contó cómo hizo para que Pedro bajara del coche sin sospechar nada y observara por dónde iban a arrojar el cuerpo del sujeto, cómo Pedro cayó al instante en el que él le disparó por la espalda.

Al llegar al momento de hablar de Fernando, dijo:

—El sujeto estaba inconsciente cuando lo metimos en el maletero del coche, y no tengo la menor duda de que mi disparo acabó con él.

Luca terminó de hablar y hubo un silencio. Un silencio espeso y cortante que a él se le hizo interminable. Luego, una voz de mujer dijo:

—¿Cómo explicas que las noticias aún no hayan dicho nada de su cuerpo?

—No sé —contestó él.

—Si lo dejaste donde dices ya es para que lo hubieran encontrado.

—Lo dejé donde he dicho —reiteró Luca.

—Tienes veinticuatro horas para averiguar qué ha sido del cuerpo. Si está aún en el mismo sitio en el que lo dejaste, haz que lo encuentren —ordenó la mujer.

Un sudor pastoso y frío recorrió su cuerpo. Con dificultad tragó saliva pegajosa y se quedó callado.

—¿Sabe alguien que nos has entregado la agenda? —preguntó otro hombre con acento parisino.

Luca se limitó a responder:

—No.

—¡Llévatelo! —ordenó el de acento marsellés.

Luca regresó al lugar donde había dejado a Fernando. La zona estaba delimitada, en el suelo había manchas de sangre, pero el contorno del cuerpo no estaba trazado. Hizo una llamada, el topo le informó de que Fernando no estaba muerto. Su terrible error tendría que subsanarlo en un plazo de menos de veinticuatro horas.

Luca visitó cada uno de los hospitales de la ciudad, pero con la diferencia de que él no preguntó en admisión, sino que recorrió cada una de las plantas observando si había algún policía de custodia.

En el penúltimo hospital que le quedaba por mirar, en la segunda planta, vio al fondo del pasillo a un policía custodiando una habitación. Respiró. Avanzó despacio y al pasar al lado del policía se fijó en el número de la habitación que custodiaba. Bajó a la planta primera, entró en el cuarto de guardia y cogió una bata de médico. Sentado frente a la puerta estaba el policía con un folio en la mano. Luca fue a abrir la puerta y el policía, levantándose del asiento, le dijo:

—Dígame su nombre, doctor. —Luca lo miró y no le contestó—. Si no me dice su nombre, no puede entrar.

Luca seguía mirándolo sin responderle. El policía se echó mano a la pistola y Luca sin dudarlo abrió la puerta de la habitación, Fernando no estaba allí. Se entabló un forcejeo entre ambos. Luca golpeó al policía con fuerza y este cayó al suelo, huyendo Luca mientras llegaban refuerzos.

Volvió a llamar al topo.

—¿Dónde coño está?

—¿Cómo quieres que yo lo sepa? Te he dicho lo que sé.

—Me han dado un plazo de 24 horas para resolverlo y no tengo ni puta idea de dónde encontrarlo.

—Debe estar en algún hospital —dijo el topo.

—He buscado en todos.

—Entonces ese es tu problema.

Luca sabía el peligro que corría su vida. Fue al último hospital que le quedaba por comprobar. Buscó por cada una de las plantas, en ninguna había un policía de custodia. Abandonó el edificio convencido de que la víctima estaba muerta. «Es imposible que no muriera en el acto, me niego a creerlo, le disparé en el corazón y la herida era de muerte», pensó. Estaba dispuesto a todo, nadie de la organización conocía a Fernando ni lo había visto y él tenía que terminar lo que empezó. El tiempo estaba en su contra. Las horas pasaban y la organización exigía resultados.

Regresó al lugar de los hechos, tenía que actuar cerca de allí, había descrito con detalles dónde dejó el cuerpo y ahora la cosa se le complicaba. Unos metros más abajo aparcó el coche en la cuneta y permaneció dentro hasta que vio acercarse un coche. Se bajó, abrió el maletero e hizo como si se le hubiese averiado el vehículo. Tal como lo había pensado, al llegar a donde él estaba el coche que venía se detuvo.

—¿Qué le sucede? —preguntó el conductor.

—No sé, se ha parado de repente —dijo.

—Déjeme echarle un vistazo. Súbase y arranque.

—No hace contacto —dijo desde el interior.

Luca se volvió a bajar del coche y cuando estaba justo detrás del hombre le disparó por la espalda. Luego escondió el cuerpo de la víctima detrás de unos matorrales mientras él subía a la pineda para dejar su coche junto a la cabaña, y bajó andando. Puso el cuerpo en la carretera y él se subió en el coche del muerto hasta la entrada de Alicante, donde lo abandonó después de haber limpiado bien sus huellas. Al parecer, todo había salido bien. Después hizo una llamada telefónica.

—El cuerpo continúa allí —dijo.

—Lo comunicaré —dijeron al otro lado del aparato.

Luca era consciente de que tarde o temprano la organización descubriría su patraña, pero mientras eso ocurría él ganaba tiempo.

Al día siguiente, muy temprano, fue en bicicleta a la cabaña y recogió su coche.

Sucedió tal como él pensaba, en el periódico de la tarde aparecía la noticia de que un hombre había sido hallado asesinado, detallaba el lugar donde había sido encontrado. Al leerlo Luca respiró.

CAPÍTULO 22

Cuando Miriam regresó de la facultad, Santiago ya estaba en la casa. Sobre la mesa había una bolsa de *boutique*.

—Es para ti —le dijo él.

—¿Para mí?

—Ábrela.

Miriam cogió la caja y la abrió, dentro había un vestido de fiesta.

—¡¿Esto qué es?! —exclamó.

—Un vestido.

—Ya veo que es un vestido, pero...

—Es el vestido que te pondrás el día de la cena.

Miriam sacó el vestido.

—¿Y pretendes que me lo ponga para la cena?

—Claro, para eso lo he comprado. ¿No te gusta? Te hará más joven.

—¿Me estás llamando vieja? Te recuerdo que tengo cinco años menos que tú.

Santiago se la quedó mirando y con acritud dijo:

—Pruébatelo. Si te queda pequeño lo cambio por una talla más.

Miriam, ofendida, cogió el vestido y entró en su despacho para probárselo. Santiago necesitaba pocas palabras para humillarla. Salió con el vestido puesto, Santiago al verla opinó:

—Te queda bien.

—No lo encuentro un vestido apropiado para una simple cena —observó ella.

—Es un vestido que te queda como anillo al dedo, representarás muy bien tu papel.

—¿Mi papel?

—Quítatelo, lo vayas a manchar —dijo, sentándose a la mesa.

Miriam salió de la cocina cubriéndose la boca. Subió al dormitorio y se echó en la cama sin quitarse el vestido. Quería morirse. ¿Por qué Santiago no le decía de una vez que estaba enterado de lo de ella y Fernando? Comprendió que no debía mostrar su rabia ni sus celos ante la francesa. Fernando la debía ver liberada de sus ataduras. Le hablaría como se habla a un invitado que está fuera de tu vida, aunque girara todo en torno a un engaño.

Santiago se marchaba. Miriam, más tranquila, bajaba la escalera, al verla le dijo:

—No me esperes levantada, regresaré tarde.

Miriam marcó el número de Fernando con su móvil nuevo, anidaba la esperanza de que respondiera a ese número.

—Es imposible que sepas que soy yo. ¡¿Por qué no coges el teléfono?! —gritó.

Trató de apartar de su mente el incidente del vestido, estaba claro que Santiago pretendía dejarla en mal lugar ante la francesa.

Llegó el día de la cena. El sol alumbraba la mañana, pero la tormenta interior que envolvía el espíritu de Miriam velaba su brillo.

Cuando Miriam entró en la cocina, Santiago preparaba la lista de la compra. Al entrar ella, levantó la cabeza del papel.

—Estoy haciendo la nota de lo que hay que pedir para preparar la cena. ¿Qué te parece si haces un pastel de carne?

—Se tarda bastante tiempo en hacerlo —dijo ella.

—Tienes todo el día para prepararlo. Que los invitados vean que también eres buena en las artes culinarias.

Miriam leyó entre líneas sus palabras.

—De postre harás un coctel, ¿qué te parece si haces un *slushy* de fresas con vino blanco Moscato?, aún guardo una botella.

—Ese coctel se sirve en verano.

—Ideal, la temperatura estará elevada.

Miriam no respondió, se sirvió una taza de café y de pie se lo tomó.

—Llama al supermercado y que sirvan el pedido. Yo estaré todo el día fuera, vendré antes de la cena.

De nuevo el dragón apareció echando fuego tan cerca de Miriam que le quemaba la piel. Intentó huir, pero él le cortó el paso envolviéndola con sus llamas. Abrazando su cuerpo, la piel le mermó hasta reducirse a ceniza.

Entre preparar la carne, la salsa, los entremeses y limpiar la casa le dieron más de las seis de la tarde en la cocina. Los invitados llegarían a las nueve y media, Miriam disponía de tres horas para ella.

Llenó la bañera y echó sales al agua. El contacto del jabón con la piel le provocó un placer que nunca había experimentado antes. Cerró los ojos y voló a un lugar lejano, a un lugar donde ella era el centro.

Se puso el vestido, era estrecho, de satén rojo. El escote dejaba ver gran parte de sus pechos y por la abertura del lado derecho se le veía casi toda la pierna. Contempló su imagen en el espejo y no le gustó, era un vestido inadecuado para una cena de amigos. Se arregló el pelo, se maquilló en tonos suaves, se puso los zapatos altos de tacón fino y se perfumó. Miró el reloj y marcaba las veintiuna horas. Faltaba media hora para que llegaran. Miriam había tomado la decisión de no mostrar interés alguno por los invitados.

Todo estaba listo. La carne en su punto y la salsa exquisita. Los canapés de caviar y salmón magníficamente presentados. El vino a temperatura ideal. El centro de flores hecho por ella con paniculata y pequeñas velas había quedado genial. Solo faltaban los invitados.

Eran casi las nueve y media y Santiago aún no había llegado. Miriam se sirvió una copa de vino y paseó la mirada por el salón. Cuando volvió a mirar el reloj eran ya las diez menos diez. Después dieron las diez.

Llamó por teléfono a Santiago:

—¿Dónde estás? —le preguntó.

—Estoy con unos colegas, ¿por qué me llamas?

—¿Has visto qué hora es?

—Las diez y cuarto.

—Los invitados no han llegado todavía, ¿y tú cuándo vas a venir?

—Se me ha olvidado decírtelo.

—Decirme el qué.

—Fernando me llamó esta tarde disculpándose por no poder venir a cenar, tiene otro compromiso.

—¡Y tienes la poca vergüenza de decírmelo ahora?

—Mujer, mira el lado positivo, así no ves la diferencia que hay entre tú y ella.

—¿Piensas que a mí me puede importar cómo sea ella?

—Cena tú y no me esperes levantada.

—¡Vete a la mierda!

Miró la mesa pensando: «Tanto trabajo, tantas horas desperdiciadas». El tiempo se detuvo y Miriam regresó al pasado, al día que Fernando le dijo que la dejaba. De repente dejó de llorar, no habría soportado ver a Fernando con la francesa, ¿dónde quedaba ella? Se alegró de que no la vieran con el vestido. Comenzó a reír con una risa envuelta en llanto.

—Os habéis reído de mí, pero nunca más lo volveréis a hacer.

Salió del salón y cerró la puerta dejando dentro el pasado.

CAPÍTULO 23

Las ganas de vivir fueron el mejor aliado de Fernando para su recuperación.

—Me alegra verlo tan animado, señor Santori.

—Gracias. ¿Me trae noticias, inspector?

—Sí, y no le van a gustar.

—No me asuste.

—Siento decirle que la policía francesa ha encontrado su coche quemado en París.

—¿En París? Imposible, mi coche está en un taller de Albacete, ya se lo dije.

—¿Conoce a esta mujer? Obsérvela bien.

Fernando después de observarla dijo:

—Sí, es Lucía.

Mostrándole otra foto:

—¿Conoce a este?

—Es Leo.

—¿De qué los conoce?

—Es la pareja propietaria de la cabaña donde me alojé.

—Sepa, señor Santori, que ni ella se llama Lucía ni él se llama Leo. Y no son, al menos por lo que le consta a la policía, violonchelista ni compositor de música.

—Son los nombres que me dijeron.

—Ella se llama Celia, él es Jean y pertenecen a una banda terrorista.

—¿Es una broma, inspector?

—No, no es ninguna broma, ambos han participado en el atentado de París. Jean fue quien disparó al senador Lemiare.

—¡¿Atentado en París?! —exclamó Fernando.

—Sí. Mientras usted estaba en la cabaña.

—Pero si nos hemos visto todos los días.

—Usted dice que no recuerda nada a partir de cierto momento. ¿No es así?

—Sí, y sigo sin recordar.

—Tiene que saber también que desde el primer día lo estuvieron drogando, esa es la causa de que no recuerde nada.

—Dígame, inspector, ¿qué pinto yo en todo esto?

—Necesitaban un coche para ir a París. Allí se deshicieron de él de la manera en que acostumbran.

—No puedo creer que ellos me dispararan.

—No, ellos no lo hicieron. Jean apareció muerto con un tiro antes de que le dispararan a usted.

—¿Qué hay de ella?

—A ella la han encontrado asesinada en Argel.

—Y yo me he librado de milagro.

Fernando parecía cansado y el inspector reparó en ello.

—Es todo cuanto puedo decirle. Ahora será mejor que descanse, ya vendré a visitarlo en otro momento.

—Gracias, siento no poder serle de utilidad.

Cuando el inspector salió, en la cabeza de Fernando aparecieron algunos recuerdos. Recuerdos que no podía decirle por ser momentos íntimos con Celia. Después de haberle oído, vio a Lucía o Celia como una manipuladora. Lo había manipulado hasta el punto de olvidarse de Miriam.

Después de irse el inspector, entró el doctor en la habitación, y Fernando le preguntó:

—¿Sabe alguien que estoy aquí?

—¿A quién se refiere?

—A Santiago Botello.

—La policía nos ha dado órdenes de que nadie sepa que está ingresado aquí.

—Pero ¿hacer una llamada sí me estará permitido?

—Por ahora tampoco le está permitido.

—¿Por qué? —preguntó.

—Porque está bajo custodia y nadie puede saber dónde se encuentra.

—¿Bajo custodia? —preguntó inquieto.

—La habitación está vigilada por un policía. Temen que otra vez intenten matarlo.

—Pero nadie sabe que estoy aquí.

—Los asesinos tienen topos por todos los lugares.

—Y creen que vendrán a por mí —dijo Fernando preocupado.

—Tranquilícese, su identidad no consta en ningún registro. No tiene por qué preocuparse.

—No he visto a ningún policía afuera.

—Va de paisano. Deje ya el tema, le he dicho que no tiene por qué preocuparse.

—Es surrealista lo que me está pasando.

Por su parte, la policía investigaba la muerte del hombre aparecido cerca de donde fue encontrado Fernando. El cadáver había sido ya identificado.

***

Santiago insistía en su afán de encontrar a Fernando.

—¿Tiene alguna nueva noticia? —preguntó por teléfono al comisario.

—Nada nuevo.

—Insisto en que me diga en qué hospital está ingresado.

—Ya le he dicho que es secreto oficial.

—Pues no lo entiendo, comisario.

—Yo sí lo entiendo, señor Botello, y si me disculpa estoy ocupado.

Cuando Santiago colgó el teléfono, la idea de ir de nuevo a Alicante le bullía por la cabeza.

La jugada de la cena de la noche anterior no le salió a Santiago como esperaba. Miriam recogía la cocina, en el suelo había bolsas de basura. Al verlo entrar continuó con lo que hacía. Él se sirvió un zumo y, echándose en el espaldar de la silla, dijo:

—Siento el trabajo que te ocasionó preparar la cena. Sin duda Fernando te llamará disculpándose.

Miriam subió al dormitorio y bajó con el vestido en la mano. Abrió el cajón de un mueble, sacó una tijera y empezó a trocearlo. Santiago quiso evitarlo, pero ella con un gesto desafiante la apuntó hacia él. Después de esto se marchó, pensando que jamás la habría creído capaz de esa reacción. Miriam continuó rompiendo el vestido. Luego lo metió en una bolsa y junto con la cena lo echó todo al contenedor de basura.

Miriam entró en la casa convertida en otra mujer, había arrojado a la basura a la vieja Miriam, ahora a la nueva Miriam nadie volvería a hacerle daño. Marcó el número de Lola.

—¿Te apetece que pasemos el día juntas? Podemos ir a la Casa de Campo.

—Miriam, ¿te ocurre algo?

—No, nada. ¿Qué me habría de pasar?

—Me extraña tu propuesta.

—¿Te vienes?

—¿Dónde nos vemos?

—Te recojo en tu casa dentro de cuarenta y cinco minutos.

Lola subió al coche de Miriam con una lista de preguntas preparada.

—Ya puedes empezar a contarme desde el principio —dijo Lola.

—¿Qué quieres que te cuente?

—Yo no me chupo el dedo, hace tiempo que te vengo observando y estás preocupada, distraída, tu cara ya no reluce como antes.

—Mi vida no es tan fácil como piensas.

—Por eso quiero ayudarte, y no puedo hacerlo si no me dices qué te sucede. ¿Has reñido con Santiago?

—Si fuera nada más que eso...

—Luego... hay más.

Miriam guardó silencio. ¿Hasta dónde estaba dispuesta a contarle a Lola? ¿Sería capaz de llegar a la raíz de todos sus problemas? Esa era la cuestión.

—Está bien, si no quieres hacerlo yo no te obligo, pero quiero ayudarte.

En la Casa de Campo, aparcaron el coche y se bajaron. El paso de Miriam era más lento que el de Lola, que, al darse cuenta de que la había dejado atrás, aminoró el paso y continuó a su ritmo. Caminaban en silencio, y no por falta de ganas de peguntarle Lola de una puta vez qué le pasaba.

—Ya está bien. No he cambiado el plan de estar todo el día en chándal tumbada en el sofá por acompañarte hasta aquí y que no me digas qué te pasa. Así que empieza a hablar o me voy.

Miriam rompió a llorar.

—Eso está mejor, por algo se empieza —dijo Lola.

Se sentaron en un banco que había detrás de un enorme nogal. Lola la rodeó con el brazo, minutos después Miriam dijo:

—Quiero morirme.
—Qué tontería acabas de decir.
—No es ninguna tontería, no aguanto más.
—¿Te ha maltratado Santiago?
Tardó un poco en responder.
—En cierto modo sí.
—¿Te ha puesto la mano encima?
¿Qué le contestaba? Si Lola se refería a si la había golpeado con la mano, no lo había hecho, pero el episodio del día en que la apretó por la cintura hasta dejarla sin aliento para ella fue como darle una paliza. Le contó lo que le hizo y que le tenía controlado el teléfono. Omitió el episodio de la cena.
—¿Por qué no me lo has contado antes?
—¿Para qué? No puedes hacer nada.
—Habla con un abogado y no permitas que te vuelva a hacer daño. ¿Esto es de ahora o de siempre?
—De un tiempo atrás.
—¿No le has preguntado por qué lo hace?
—Tiene respuestas para todo. A veces tengo el impulso de dejarlo, pero no me encuentro con fuerzas para hacerlo.
—Las puertas de mi casa están abiertas si alguna vez te decides.
Se hizo un silencio. Miriam sacó de la pitillera un cigarro y ofreció otro a Lola.
—Llevo un mes sin fumar y no quiero volver otra vez. Tú debías dejarlo también.
—Lo sé, pero fumar me aplaca los nervios.
—Tengo hambre —dijo Lola—. Vamos a comer.
Mientras iban al restaurante, Miriam discutía consigo misma si debía decirle lo de Fernando. Pero ¿estaba realmente segura de que Santiago sabía lo de ellos? Y si no lo sabía, ¿para qué contar a Lola algo que ya había terminado?

Sin esperarlo, oyó la voz de su conciencia: «¿Por qué te engañas a ti misma? Sabes que Santiago está enterado de todo, es el motivo de su comportamiento. ¿Qué consigues con negar la evidencia?». Miriam, harta de oírla, dijo:

—¡Basta! ¡Déjame en paz!

—No te he dicho nada —dijo Lola, parada frente a ella.

—Perdona, discutía conmigo misma.

Tres mesas más a la derecha de donde estaban sentadas había una pareja, Miriam creyó reconocer a Fernando. Sin pensarlo se levantó y fue hacia él; el joven estaba de espaldas, de modo que no la vio llegar. Miriam lo tocó en el hombro dispuesta a pedirle una explicación. El joven se giró y amablemente le preguntó:

—¿Quiere algo?

—Perdone, me he equivocado de persona.

Regresó a la mesa con el corazón disparado, temblándole las manos. Lola al verla llegar así le preguntó:

—¿Quién es ese?

—Lo he confundido.

—Pues, por cómo te has levantado, tiene que ser alguien al que estés deseando ver, has tirado la cerveza.

—No es nadie en particular.

Lola se la quedó mirando y observó que tenía los ojos llenos de lágrimas, no vio prudente continuar la conversación y cambió de tema.

—¿Te he dicho que la semana que viene voy a un seminario sobre Lope de Vega en la Universidad de Salamanca?

Miriam, ausente, no oía lo que Lola decía.

—¿Me estás oyendo? —preguntó, zarandeándola.

—Perdona, ¿qué decías?

Lola bebió un trago de cerveza y pinchando una aceituna dijo:

—Las cosas de nada sirve contarlas a medias. Se cuentan o se callan, decide tú.

—¿No sé por qué dices eso?
—Porque hay algo que no me has contado.
—¿Qué habría de haber?
—Una tercera persona —dijo Lola.
—¿Una tercera persona? ¿De dónde te has sacado eso?
—Soy tu amiga y te apoyaré en todo, lo sabes.
—¿Pero eso qué tiene que ver?
—El hecho de que Santiago desviara a su teléfono las llamadas que tú recibes me hace pensar que intuye que hay una tercera persona.
Miriam se derrumbó y acabó sincerándose.
—Lo he perdido. Yo estaba dispuesta a dejarlo todo por él, ahora está con otra.
—Y por eso corriste hacia ese joven, creíste que era Fernando, ¿no es así?
—Sí, quería que me diera una explicación.
—¿Tan enamorada estás para rebajarte de esa manera?
—Se ha reído de mí.
—Tengo mis dudas, Miriam.
—Dudas de qué.
—Por lo que me has contado de él, no lo veo capaz de hacer esa faena.
—¿Qué quieres decir?
—Tal vez nunca haya hablado con Santiago de la cena.
—¿Estás diciendo que Santiago ingenió todo?
—Pudiera ser.
Miriam se quedó pensativa, quizá Lola llevara razón.
—Llámalo tú, a mí no me coge el teléfono. Quiero preguntárselo directamente a él.
Lola marcó el número que Miriam le dio.
—Está apagado, ni siquiera da señal.
—Así lleva desde que me dejó.

—Habrá cambiado de número —dijo Lola, aún con el teléfono en la mano.

—Nunca lo sabré.

Lola marcó un número.

—Hola... Sí, estoy muy bien... Ya me pasaré por vuestra casa. Dime si el propietario de este número lo ha cambiado por otro número... Sí, ya lo sé, pero es un favor que te pido...

Minutos después le dieron la respuesta.

—Adiós, y gracias.

—¿Lo tienes? —preguntó Miriam.

—Fernando no tiene otro número.

—Tal vez no haya hecho bien la gestión —dijo ella decepcionada.

—No, si dice que no lo tiene es que no lo tiene —dijo Lola muy convencida.

—Entonces no lo entiendo.

—No es por asustarte, ¿has pensado que ha podido tener un accidente?

—Pero si Santiago lo ha visto.

—O te ha hecho creer que lo ha visto.

—Ya no sé qué pensar, me está matando esta incertidumbre.

—¿Sabes dónde vive?

—Nos veíamos en su estudio.

—¿Has ido a ver?

—Desde que me dejó no he ido.

—Dime la dirección, yo iré.

—Gracias, Lola, después de habértelo contado me siento mucho mejor.

—Para eso estamos las amigas —dijo, apretándole la mano.

CAPÍTULO 24

Las visitas del inspector Arroyo traían a Fernando aire fresco. Las conversaciones de arte que ambos mantenían lo ayudaban a soportar las interminables horas en la habitación del hospital. El médico y dos enfermeras eran las únicas personas con las que hablaba, por eso el inspector se convirtió en alguien imprescindible para él.

—Desde luego que visitaré su nueva exposición —dijo el inspector.

—Y yo estaré encantado de verlo fuera de aquí.

—Tenga un poco de paciencia, la investigación sigue su curso. A propósito, le traigo un libro. Me lo recomendó un amigo, no sé si lo habrá leído, a mí me gustó.

Arroyo sacó del bolsillo *La montaña del alma*, de Gao Xingjian.

—Gracias, no lo he leído, pero me complace leerlo.

El móvil del inspector sonó y contestó.

—Es el comisario Bermúdez, quiere hablar con usted.

—Dígame —dijo Fernando.

—Le ha dicho el inspector quién soy, espero que se reponga pronto y nos veamos en Madrid. El inspector Arroyo me tiene al tanto, si necesita algo no dude en ponerse en contacto conmigo.

—Gracias, comisario.

—He de marcharme, si mañana puedo vendré a saludarlo —dijo el inspector.

***

La actitud que había tenido Miriam con la tijera fue el detonante para que Santiago abriera su caja de Pandora.

La negativa del comisario a revelarle dónde se encontraba Fernando no lo desanimó en su intento de dar con él.

Cuando Santiago llegó a la casa, Miriam estaba encerrada en su despacho leyendo. Leía *El error de Descartes*, del neurólogo portugués Antonio Damásio, quería comprender con su lectura el comportamiento de Santiago.

—¡Miriam, Miriam! —dijo llamándola.

Al no contestar ella, la llamó hasta que, cansada de oírlo, Miriam abrió la puerta.

—¿Por qué gritas?

—¿Por qué no has contestado?

—¿Qué estoy haciendo?

—Te he tenido que llamar varias veces.

—¿Qué quieres? Estoy trabajando.

—No debiste romper el vestido, me costó muy caro.

—Yo no te pedí que lo compraras —dijo, cerrando la puerta del despacho.

A Santiago no le dio tiempo a responderle. Frente a la puerta apretó los puños y aguantó la respiración, luego entró en su despacho, se echó un *whisky* y encendió un cigarro. En su mesa había un portarretratos con una foto de cuando estuvieron en Nepal, en un tiempo en que la pareja eran solo uno. De un manotazo tiró la foto al suelo, rompiéndose el cristal. Miriam oyó el golpe y siguió leyendo.

Miriam salió del despacho y del dormitorio cogió su pijama, el cepillo de dientes y entró en el cuarto de invitados con el propósito de dormir esa noche allí. Por la mañana se marchó a la facultad sin encontrarse con él.

Santiago dijo en la galería que viajaba a Alicante para verse de nuevo con el pintor. La finalidad era ir de nuevo a los hospitales.

En el primer hospital, se acercó a un celador y le preguntó qué habitación era la de Fernando Santori.

—Tendrá que preguntarlo en el mostrador —le respondió el celador.

Santiago preguntó en admisión.

—Con ese nombre no hay nadie ingresado —dijeron.

La respuesta no le convenció y no se dio por vencido, preguntó en cada puesto de enfermeras y la respuesta que obtuvo fue la misma.

Visitó los hospitales sin éxito. Era tarde y decidió pasar la noche en un hotel. Santiago salió de Madrid sin decirle nada a Miriam, para ella fue un día de relax.

***

Lola fue al estudio de Fernando, que se encontraba en una casa vecinal de tres plantas, y preguntó al portero en qué piso estaba el estudio del señor Santori.

—En la última planta, pero don Fernando lleva algún tiempo sin venir.

—¿Está de viaje?

—Eso no es cosa mía, señora —respondió el portero.

No era mucho lo que había averiguado, pero bien podía ser verdad que estuviera fuera de Madrid. Lola marcó el número de Fernando y oyó el mismo sonido de siempre.

Del estudio se fue al apartamento. El portero al verla entrar se acercó.

—Buenos días, señora, ¿a qué piso va?

—Al piso de don Fernando Santori.

—Puede evitarse el subir, don Fernando está fuera de Madrid.

—¿Sabe cuándo regresará?

—No me lo dijo.

Estaba confirmado que no la había engañado, ahora lo que realmente le preocupaba era por qué no cogía el teléfono.

Cuando Lola se vio con Miriam le expuso su teoría:

—Fernando dejó Madrid tal como te dijo y presiento que ha tenido un accidente.

—Aunque fuera cierto lo del accidente, el teléfono daría señal.

—¿Y si se hubiera caído con el coche a un barranco? Puede que no lo hayan encontrado todavía.

—Es imposible. Alguien habría visto el coche y habría avisado a la policía.

—Entonces, chica, solo me queda pensar que se lo ha tragado la tierra.

CAPÍTULO 25

Santiago regresó de Alicante decidido a no volver más, aunque se empeñaba en no aceptar la evidencia.

—No te he encontrado, cabrón, pero tú, Miriam, sí lo vas a pagar, zorra —dijo, cerrando la puerta del coche.

En la galería solo estaba Jacobo, ordenaba la nueva reposición de pinturas. Al verlo dejó lo que hacía y fue hacia él.

—Por la cara que traes, me temo que no habéis llegado a un acuerdo, ¿me equivoco?

—No, no te equivocas. Mi viaje ha sido en balde, maldito cabrón de mierda, ya no me rebajo más. Estoy en mi despacho, que no me moleste nadie.

Abrió el cajón de la mesa y sacó el encendedor.

—¡Ay, Miriam, Miriam! Tu cuerpo tan frágil será el que sufra toda mi rabia.

Enseguida marcó un número de teléfono. Al otro lado preguntaron.

—Quiero hablar con el detective Oniega —dijo.

—¿De parte de quién?, por favor.

—De Santiago Botello.

—El señor Oniega no atiende a nadie por teléfono sin estar citado.

—¿No puede hacer una excepción?

—No, lo siento.

—Está bien, deme una cita.

Santiago fue a la agencia antes de la hora acordada.

—Estoy citado con el detective Oniega —dijo a la secretaria.

—Dígame su nombre.

—Santiago Botello.

—Viene un poco temprano, señor Botello, el detective lo atenderá a las diecinueve horas y son las dieciocho horas.

—Entonces me he confundido.

—Tendrá que esperar o volver más tarde.

—Si no tiene inconveniente esperaré aquí.

—Como quiera.

La secretaria lo llevó a un pequeño recinto.

—Aguarde aquí.

El recinto era un pequeño espacio en el que cabía solo un cliente. Santiago se sentó y cogió una revista, la abrió y la dejó de nuevo sobre la mesa. El tiempo pasaba lentamente; los segundos parecían minutos y los minutos eran horas. Si al menos pudiera fumar, pero no, había un cartel que lo prohibía.

Tenía los ojos cerrados cuando la secretaria dijo:

—Acompáñeme.

Entró en el despacho del detective y tomó asiento.

—Usted dirá en qué puedo ayudarle, señor Botello.

—No sé por dónde empezar.

—Le aconsejo que empiece por el principio.

Santiago, al fin, dijo:

—Quiero que encuentre a Fernando Santori Espronceda.

—¿Se refiere al famoso pintor?

—Exacto, a él me refiero.

Santiago le contó todo lo que sabía, omitiendo ciertos detalles.

—En este caso, y créame que lo siento, no puedo ayudarlo.

—Dígame por qué no puede ayudarme.

—Porque si la policía mantiene en secreto dónde se encuentra el señor Santori yo no puedo inmiscuirme en el asunto.

—No me convence esa explicación.

—Usted mismo ha dicho que su vida corre peligro.

—Yo no le he dicho tal cosa —dijo molesto.

—No, usted no me lo ha dicho, pero lo deduzco yo por lo que me ha contado.

—Como comprenderá, si yo lo sé, no voy a decírselo a nadie, solo quiero saber que está bien.

—Quién me dice que usted no es un asesino y va a intentarlo de nuevo.

—Señor Oniega, no estará hablando en serio...

—En referencia a mi trabajo nunca bromeo.

—Entonces ¿por qué ha dicho esa estupidez? ¿Qué motivo puedo tener para querer matar a mi mejor exponente?

—No conozco ninguno, pero buscando quizá se pudiera encontrar algo —dijo el detective.

—Creo que hemos empezado mal. Empecemos de otra manera. Desde hace un tiempo mi amigo no me coge el teléfono y me preocupa que le haya sucedido algo. ¿Está mejor así?

—¿Cuándo fue la última vez que lo vio?

—El día de la inauguración de la exposición me dijo que se iba de viaje, pero no adónde iba.

—¿Sabe el medio de transporte que utilizó?

—El coche.

—Dígame el número de la matrícula.

Santiago le dio el número y el modelo de coche.

—Dígame también el número de teléfono de su amigo. Cuando sepa algo se lo comunicaré.

—¿Eso es todo?

—Por ahora no necesito nada más.

Santiago salió de la agencia desilusionado, entró convencido de que el detective descubriría en qué hospital estaba Fernando, pero se había limitado a pedirle la matrícula de su coche.

De vuelta a la galería pasó por una tienda donde vendían artículos para fumadores y entró.

—¿Tienen encendedores como este? —preguntó al dependiente.

—Déjeme ver. —El dependiente abrió una vitrina y extrajo uno—. Este es igual al suyo.

Cuando llegó a la casa, Miriam le había dejado la cena preparada en la cocina. Al pasar por el despacho de ella no vio luz por debajo de la puerta. Subió y del cuarto de invitados salía luz. Sin llamar, abrió la puerta, ella estaba acostada leyendo y al verlo se asustó.

—¿Por qué no llamas antes de abrir?

Con los ojos ensangrentados, como acostumbraba a tener cuando se enfadaba, le dijo:

—¡Levántate y ve a nuestro dormitorio!

Miriam se quedó mirándolo. Santiago, sin darle tiempo a que dijera algo, entró y agarrándola del brazo la sacó de la cama.

—Me haces daño.

—No hagas que me enfade más, no te conviene.

Del brazo la llevó al dormitorio y la empujó sobre la cama.

—Ahora cumple con tu deber de esposa —dijo, arrancándole la ropa.

Miriam se resistía a ser violada y era su resistencia la que hacía a Santiago gozar más. Esa noche fue para ella un infierno. Cuando Santiago la dejó, fue al baño y con una cuchilla de afeitar intentó cortarse las venas. Lo habría hecho si él no hubiera entrado en el baño.

—Es muy grave lo que estabas haciendo, no des lugar a que te interne en un psiquiátrico.

Miriam, con la cara desencajada, lloraba golpeándolo en el pecho y diciéndole:

—¡Maldito seas, hijoputa! Me has destrozado por fuera y por dentro.

Santiago la abofeteó. Miriam dejó su cuerpo vencido y cayó al suelo. La cogió y la metió en la cama, él se acostó a su lado y se quedó dormido.

A las claras del día Santiago abrió los ojos, Miriam parecía estar dormida, su cuerpo estaba amoratado por la violencia que había ejercido sobre ella. Él se levantó y se marchó a la galería como si nada.

Cuando Miriam abrió los ojos le dolía todo el cuerpo, fue al baño y al mirarse en el espejo se horrorizó.

—¿Por qué entraste? De no haberlo hecho ahora no estaría en este mundo —dijo llorando.

Miriam intentó ir a la facultad, pero las fuerzas le fallaban y le dolía todo su cuerpo, se preparó una manzanilla y cuando iba a tomar el primer trago le vino una arcada de vómito y el vaso se le cayó de las manos. Se agachó para recoger los cristales y vio correr por sus piernas un hilo de sangre. Se abrazó fuerte a sí misma y se echó en el sofá. Tras sentir un fuerte escalofrío se acurrucó y debió quedarse semiinconsciente. A lo lejos oía el sonido del móvil, pero le era imposible cogerlo. Cuando volvió en sí consiguió llegar hasta donde tenía el bolso y sacó el móvil. Era Lola quien la había llamado.

—¿Qué te sucede, por qué no has venido a clase?

—Estoy indispuesta.

—No me engañes, ¿qué te sucede?

Miriam rompió a llorar.

—¡¿Qué te ha hecho ahora ese mal nacido?!

Sintió vergüenza de contarle lo que Santiago le había hecho, al fin y al cabo, no era la primera vez, pero esta vez había sido más violento.

—¿Él está ahí?

—Estoy sola.

—Entonces, ¿por qué coño no me dices qué te sucede?

Después de un silencio, terminó por contárselo:

—¡Maldito hijoputa!, esto no puede quedar así. Lo ha tomado ya como una costumbre. Miriam, tienes que denunciarlo, te acompaño a comisaría. No puedes callarte.

—¿Y crees que él se quedará de brazos cruzados? Tú no lo conoces, si lo denuncio me matará.

Lola se quedó callada, sabía que desgraciadamente Miriam no estaba diciendo una tontería.

—No puedes quedarte ahí, tienes que marcharte.

—No quiero empeorar las cosas. Además, me amenazó con internarme en un psiquiátrico.

—¿En un psiquiátrico? ¿Qué piensa alegar?

—Dirá que he intentado suicidarme.

—Pero ¿quién se va a creer eso?

—Entró en el baño cuando estaba dispuesta a hacerlo.

Lola dio un grito.

—¿¡Qué querías hacer, inconsciente!?

—Morirme, solo eso.

—¿Morirte? Tonta, el que se tiene que morir es él. ¿Cómo te encuentras?

—Me duele todo el cuerpo.

—Te recojo y vamos al hospital.

—No, tendría que contarlo y no quiero.

—Júrame que no lo volverás a intentar.

—No lo voy a hacer.

—Júramelo —le exigió Lola.

—Te lo juro.
—Me lo has jurado, Miriam.
—Te lo he jurado.

CAPÍTULO 26

Lola volvió al estudio de Fernando y la respuesta del portero fue la misma: «El señor Santori no ha venido». Preocupada, se dirigió a la policía.

—¿Pueden informarme de si ha habido algún accidente de coche con este número de matrícula? —dijo al agente que la atendió.

—No consta nada, señora —le confirmó el policía después de comprobarlo.

Al saber que no había tenido ningún accidente, salió de la comisaría más tranquila. La calle estaba aglomerada de peatones, era la hora punta de salir del trabajo. Ensimismada, se topaba con la gente. De repente tuvo un terrorífico pensamiento: «Santiago ha matado a Fernando y lo tiene oculto en cualquier lugar».

***

Miriam no fue a la facultad durante una semana alegando que sufría vértigos. Santiago se comportaba con ella como si nada le hubiera hecho, pero ella seguía sintiendo las punzadas en el vientre. Cada vez que la miraba, Miriam se sentía violentada. Sus miradas le repugnaban, estaban cargadas de odio y de desprecio. Miriam seguía con el deseo de terminar lo que él le impidió hacer en el baño. Su vida era un infierno, el aire que respiraba cuando él estaba en la casa era para ella nauseabundo, su sola presencia le hacía perder la razón. Miriam se sentía al límite de sus fuerzas.

Por las mañanas, cuando sacaba los pies de la cama, se preguntaba qué le reservaría el nuevo día. Rogaba para que el día fuese tranquilo.

Salió del cuarto de baño envuelta en la toalla; abrió el cajón donde guardaba la ropa interior, cogió una prenda y al cerrarlo creyó ver entre la ropa el encendedor que había perdido.

—Tengamos el día en paz, Miriam, sabes que eso no puede ser —se dijo a sí misma.

Bajó a la cocina y sentada a la mesa, con una tostada de pan en la mano, la imagen del mechero volvió a su mente.

—Ha sido una alucinación —se dijo.

Subió al dormitorio rogando que su visión no fuera cierta. Abrió el cajón con los ojos cerrados para evitar ver lo que no quería creer; al abrirlos, estaba ante ellos el encendedor. Petrificada, Miriam dejó de ser Miriam para ser un montón de pavesas. Se vino abajo.

Santiago en su despacho pensaba si Miriam habría visto ya el mechero, y apostaba que así habría sido.

—Cómo me habría gustado ver tu cara, esto acaba de empezar —dijo, mirando la ceniza que había en el cenicero.

Marcó una sonrisa que más que sonrisa fue una sentencia. Tal fue así que Jacobo, al entrar en el despacho y verlo, salió sin darle el recado.

—Usted disculpe, pensé que estaba dentro. Habrá salido y no me he dado cuenta —dijo al hombre que había ido a hablar con él.

***

Miriam después de aquello necesitaba aire, salió de la casa y echó a andar. Caminaba aturdida por la calle Preciados chocando con la gente. De repente, un joven la cogió del brazo.

—Señora, ¿no ve que está el semáforo en rojo?

Miriam tardó en reaccionar. El joven siguió hablándole:

—¿Quiere que la atropelle un coche?

Ella se limitó a mirarlo y a encogerse de hombros. Él insistió:

—¿Le sucede algo?

El paso de peatones se abrió.

—Hemos cruzado —le dijo soltándola—. Cuídese, es usted demasiado bonita para perder la vida.

Miriam le dio las gracias con la mirada. El joven aguardó unos minutos viendo como echaba calle abajo.

¿Adónde iba Miriam? Ni ella misma lo sabía. Al llegar a la plaza de España se paró frente al monumento a Miguel de Cervantes, y fue la figura de don Quijote la que la hizo salir de su trastorno.

—¿Cómo he llegado hasta aquí?

***

Cuando llegó Santiago de la galería vio a Miriam sentada leyendo, y sin que ella se percatara de su presencia, sigiloso, subió al dormitorio y al poco bajó. Entró en el salón, Miriam ni siquiera levantó la cabeza del libro. Se sentó frente a ella y abrió el periódico, no para leerlo sino para mirarla por encima de la hoja, Santiago quería descubrir por el rictus de su cara si había visto el encendedor. Miriam, impasible, lo dejó con la duda.

El teléfono de Santiago sonó.

—Señor Botello —dijo la secretaria del detective—. El señor Oniega quiere hablar con usted. ¿Le viene bien pasarse esta tarde a las seis?

—Allí estaré —dijo.

Santiago colgó el teléfono impaciente. «Al fin una buena noticia», pensó. Miró el reloj, aún faltaba una hora. Se levantó y al pasar al lado de Miriam se detuvo, ella sintió como si le apretara la garganta. Santiago salió y ella respiró. Un pálpito la llevó al dormitorio, abrió el cajón y el encendedor ya no estaba. Confundida, dudó si realmente lo había visto antes o si había sido una alucinación. Inquieta, regresó al salón y se sirvió un coñac, era la primera vez que lo hacía.

A las seis en punto Santiago estaba en la agencia. Entró en el despacho ansioso por saber las noticias del detective.

—Siéntese, señor Botello.

—Va a decirme que ha encontrado a Fernando, ¿verdad?

—Se equivoca.

—¿Cómo que me equivoco?

—Déjeme hablar —dijo Oniega—. Comprendo que esté impaciente por saber de su amigo, pero no tengo noticias que darle.

—¿Qué clase de detective es usted, que no es capaz de averiguar en qué hospital de Alicante está ingresada una persona?

—Un detective que sabe hacer bien su trabajo.

—Perdone que difiera, pero dudo que usted sepa hacerlo.

—No le permito, señor Botello, que ponga en entredicho mi capacidad.

—Entonces dígame por qué no puede o no quiere ayudarme.

—No puedo ayudarle porque el caso está bajo secreto sumarial. Yo soy un detective privado y estoy sometido a la ley.

Santiago se levantó y abandonó el despacho.

—No se moleste en mandarme la factura, no pienso pagarla —dijo enfadado a la secretaria.

Santiago se marchó de la agencia con un tremendo cabreo. Entró en un bar y pidió un *whisky* doble. En la tele daban la noticia de que había sido detenido el presunto autor de la muerte del hombre encontrado en el paraje El piñero, en la ciudad de Alicante, él no prestó atención a la noticia.

Cuando llegó, Miriam estaba encerrada en su cuarto. Al pasar junto a la puerta giró el pomo para abrirla, pero no se abrió; la puerta estaba cerrada con llave. Entró en el dormitorio y tiró de un manotazo todo lo que había encima del chifonier. Miriam cerró el libro y apagó la luz. No quiso cerrar los ojos, temiendo que le diera una patada a la puerta y entrara, le horrorizaba la idea de que otra vez la violara. De madrugada la venció el sueño.

Al abrir Miriam los ojos la luz llenaba la habitación.

—¿Qué hora es? Me he quedado dormida —dijo sobresaltada.

Con sigilo bajó la escalera y se marchó a la facultad. Por el camino le vino a la cabeza lo que hizo la tarde anterior.

Lola la esperaba sentada en un banco del jardín de entrada de la facultad. Quería contarle lo que había averiguado antes de entrar a clase, y al verla llegar salió a su encuentro y le dijo:

—Tengo algo importante que decirte.

—Ahora no puede ser, llego tarde.

—Está bien, pero búscame en el descanso.

Miriam entró en el aula nerviosa, había pensado en irse a vivir con Lola, la situación con Santiago era del todo insoportable, le horrorizaba estar donde estaba él. Intentó centrarse en el trabajo.

—Aunque no estaba previsto, hoy haréis una pequeña exposición escrita, podéis elegir entre los siguientes movimientos: el dadaísmo, el fauvismo y el expresionismo. Tenéis la hora entera para desarrollarla.

La propuesta no fue muy bien acogida por el alumnado. La idea de esto surgió después de hablar con Lola y pensar en qué le diría. Tal como tenía los nervios no estaba apta para impartir la clase. Al meter la mano en el bolso para coger el móvil en vez de este sacó un encendedor, el maldito encendedor de Fernando. El bolso se le cayó de las manos, desparramándose el contenido.

—Lo siento, continuad —dijo aturullada.

Salió al pasillo y respiró profundo, preguntándose cómo había llegado hasta allí el mechero. Ella se cuidaba de no dejar el bolso al alcance de Santiago, pero de algún modo tuvo que hacerse con él. Apretaba el encendedor con la mano cerrada y al abrirla observó que no era el que Fernando le había regalado. ¿Qué significaba aquello? Intentó recordar a quién le había pedido fuego en los últimos días y no recordó a nadie. Intentó recordar también si en algún momento compró ese encendedor y después de pensar mucho se convenció de que no lo había comprado. El murmullo que salía de la clase anunciaba que los alumnos habían terminado. Entró y recogió los exámenes.

Buscó a Lola.

—Bueno, ¿qué me tienes que decir con tanta urgencia?

—Fernando no está en Madrid, lleva semanas fuera, no te mintió al decirte que se iba. Santiago está jugando contigo. —Lola se calló.

—Hay algo más ¿verdad?, lo leo en tus ojos.

—Pienso que lo ha matado y lo tiene escondido en algún lugar, ¿si no por qué está el teléfono siempre apagado? He preguntado en comisaría y no tienen noticias de que haya sufrido un accidente con el coche.

—¿Cómo has podido pensar que Santiago lo ha matado? No, eso sí que no puedo creerlo —dijo Miriam entre media risa.

—Explícame lo de la cena.

—Lo ha hecho para hacerme daño, y lo de la francesa también debe de ser otra invención.

—Hemos de trazar un plan para desenmascararlo —propuso Lola.

Después de oírla, Miriam estaba aún más nerviosa, por suerte en la siguiente clase un alumno era el encargado de analizar las diapositivas a pasar.

Terminadas las clases sintió un ahogo, la necesidad de beber. En el bar de la facultad pidió un coñac. Con manos temblorosas y los ojos cerrados dio el primer trago, luego el segundo, hasta apurarlo. Sintió un gran bienestar.

CAPÍTULO 27

A Fernando le quedaba ahora superar el trauma psicológico, pero eso habría de hacerlo fuera del hospital.

—Me alegro de verlo, inspector, echaba de menos nuestras conversaciones —dijo Fernando.

—¿Está dispuesto a oír la noticia que le traigo? —dijo, dándole una revista.

—Si es buena sí; si no, no me la diga.

—Hemos detenido al tipo que le disparó.

Fernando se incorporó en la cama.

—¿Quién es?

—Otro miembro de la banda terrorista, creemos que es el mismo que mató a Jean, aunque está por confirmar.

—Pero ¿por qué quiso matarme?

—Usted podía identificar a Jean y Celia.

—Entonces, inspector, ya ha terminado el calvario para mí.

—No del todo, cuando salga del hospital no es conveniente que se deje ver mucho, estamos aún con la investigación. No sabemos si continúa en el punto de mira de los terroristas.

—Hasta cuándo voy a vivir con la incertidumbre de si me pegarán otro tiro, se supone que me han matado.

—Ojalá supiera la respuesta. ¿Tiene adónde ir que no sea a su casa?

—¿Por qué no puedo ir a mi casa?

—Por si la están vigilando.

—Ahora no se me ocurre ningún sitio. Santiago Botello tiene una casa en el campo y podría pedírsela.

—No, yo lo haré en su momento. Todavía nadie puede saber dónde está.

—Pero si me acaba de decir...

—Sé lo que acabo de decirle, tenga un poco de paciencia, en cuanto le den el alta yo hablaré con él, mientras tanto todo continuará como hasta ahora, ¿entendido? Es una orden.

—Entendido. Total, puedo esperar.

Cuando el inspector se marchó, se planteó llamar a Miriam y contarle lo que le había sucedido, sin decirle, desde luego, dónde se encontraba. Pensó en la enfermera del turno de tarde, se mostraba más complaciente con él y seguro que no pondría inconveniente en dejarle su móvil.

Hecho el cambio de turno, la enfermera entró en la habitación de Fernando.

—¿Cómo se encuentra hoy? —preguntó.

—Mucho mejor. Y usted, ¿ha tenido un buen día?

—Un día como otro cualquiera —dijo ella.

—¿Me haría un favor?

—Por supuesto —dijo, retirándole el termómetro de la boca.

—¿Puede dejarme su teléfono? Me gustaría hacer una llamada.

—Lo siento, pero lo tiene prohibido.

—Entonces hágala usted por mí, quiero decirle a una persona que me encuentro bien.

—Eso lo tiene también prohibido, lo sabe. Siento no poderle ayudar —respondió, mirándolo con pesadumbre.

—No se preocupe, resistiré.

Cuando se quedó solo, cerró los ojos y pensó en Miriam.

—No debí abandonarte, este es mi castigo por haberlo hecho. Si te lo hubiera pedido habrías dejado a Santiago, pero fui un cobarde, temí enfrentarme a él y escogí el camino más sencillo sin pensar en el sufrimiento que te estaba infligiendo. No merezco tu perdón —dijo.

***

Santiago no encontraba la manera de dar con Fernando y su paciencia se agotaba. Miriam se había convertido en un estorbo para él.

Cuando esa noche regresó a la casa, Miriam estaba encerrada en su despacho. Fue directamente a la cocina y encontró restos de coñac en la encimera. Abrió la puerta del mueble donde guardaban las botellas y observó la de *brandy*. «¡Ay, Miriam, Miriam! No esperaba esto de ti, sin embargo, me alegro, tú misma me vas a allanar el camino», pensó. Cogió del frigorífico un muslo de pollo frito y una cerveza y se los llevó a su despacho.

La presencia de Santiago trastornó a Miriam, le dieron calambres en las manos y pensó en el coñac. Se disponía a ir a la cocina cuando sonó su antiguo teléfono, el ring irrumpió en el silencio de la habitación y en el silencio de su interior. En la pantalla salía un número desconocido, no contestó, sabía que Santiago oiría la conversación. El móvil continuaba sonando y ella con la duda de quién la llamaba. Aunque fuera Fernando no estaba dispuesta a contestar.

El ring no cesaba. Miriam se llevó las manos a los oídos, su respiración era cada vez más convulsiva, se asfixiaba y la cabeza le martilleaba. El ring continuaba. Miriam cayó al suelo. Desde el otro lado de la pared, Santiago oyó el golpe y permaneció indiferente. El ring continuaba. Miriam se dio con la esquina del mueble y se hizo una herida en la frente. El teléfono seguía sonando. Enloquecida, apagó el móvil.

Cogida a la pared llegó a la cocina, se sirvió un coñac y se llevó la copa al dormitorio. Sentada en la cama se lo tomó, un velo de culpabilidad la cubrió entera. Rota por el llanto se acostó vestida.

En su despacho, Santiago murmuraba:

—¿Por qué coño no has cogido el teléfono?

El despertador sonó a la misma hora de siempre, Miriam lo desconectó con los ojos entreabiertos y apuró unos minutos más en la cama. Al llevar la mirada a la ventana vio la copa sobre la mesita y sintió resecos los labios, se pasó la lengua por ellos. Entornó la puerta y aguzó el oído, las pisadas de Santiago se oían en el dormitorio, volvió a cerrar la puerta con la llave. Se dio una ducha rápida y se maquilló para disimular sus profundas ojeras; los labios se los pintó en rojo. Pensó que la falda negra que había sacado para ponerse la hacía más gorda y optó por un pantalón marrón. Al mirarse en el espejo no le gustó el rojo de los labios, se los limpió y se dio un color rosáceo. Escondió la copa en el bolsillo de la chaqueta y la llevó a la cocina; al guardarla en el mueble clavó los ojos en la botella. De la misma botella, Miriam bebió un trago y otro más. Las pisadas de Santiago la alertaron y guardó aprisa la botella. Salió de la cocina antes de que él entrara.

Lola esperaba a Miriam en los aparcamientos de la facultad, al verla llegar se acercó al coche. Cuando se bajó, Lola le dijo:

—Quítate las gafas.

—¿Por qué?

—Quiero verte los ojos.

—Estoy bien, no he llorado ni traigo un ojo morado.

El aliento de Miriam olía a coñac.

—Dime que no has bebido —dijo Lola.

—¿Qué?

—Dime que me equivoco. —Tirándole de la manga de la chaqueta se acercó más a ella y le dijo—: Échame el aliento.

Miriam se rio con risa histérica, después lloró.

—Vámonos de aquí —dijo Lola.

Se sentaron en un banco del jardín.

—Has bebido, ¿verdad?

—Solo he tomado un trago.

—¿Te has enganchado?

Miriam le confesó el bienestar que le daba el coñac.

—¿Cuánto tiempo llevas así?

—Dos o tres días.

—Deberías hablar con Luis Crespo, es un excelente psicólogo y te puede ayudar.

—¿Por tres copas de coñac tengo que visitar al psicólogo?

—Por tres copas no. Porque te sientes bien con el alcohol.

—Crespo me preguntará y tendría que hablarle de cosas que no quiero decir.

—Él es un profesional y lo que le cuentes no saldrá de su consulta.

—¿Cómo piensas que me sentiré al contarle que Santiago me ha violado repetidas veces?

—¿Prefieres convertirte en una alcohólica y darle motivos para que te ingrese en una clínica? ¿Es eso lo que quieres?

—Lo que yo quiero es que se acabe esta pesadilla.

—Entonces pon remedio ahora que estás a tiempo, habla con Crespo y luego deja a tu marido.

—Lola, no soy una alcohólica —dijo Miriam llorando.

—Empiezas a serlo, y eso me preocupa.

Hubo un silencio entrecortado por el llanto de Miriam. Luego dijo:

—Anoche llamó a mi antiguo teléfono un número desconocido, me dio miedo y no lo cogí.

—¿Tienes el número grabado?

—Sí.

—Sabremos quién te ha llamado.

Mientras Miriam daba clase a los alumnos, notó que, pese a ser uno de sus temas favoritos, le costaba trabajo hacerlo, su mente estaba dispersa y tenía dificultad para escribir en la pizarra. Necesitaba echar un trago.

—Julio Casares —dijo mirando al alumno—, escribe en la pizarra lo que yo te dicte. Ayer tuve un pequeño accidente y me dañé la muñeca.

Miriam no veía el momento de que la clase terminara. Por fin sonó el timbre.

—Preparaos para el próximo día la otra parte del tema, la expondréis entre todos —les mandó.

En el cambio de clase bajó a la cafetería y pidió un café con coñac. Luego pidió otro.

Finalizaron las clases y Miriam salió de la facultad sin ver a Lola. De camino a su casa había un supermercado, detuvo el coche y entró en él.

—¿Solo la botella de coñac, señora? —preguntó el chico de la caja.

—Sí —respondió Miriam con la cabeza gacha.

Subió al coche pensando que todos los que estaban allí comprando eran testigos de cómo cogía la botella. Con el automóvil en marcha, dijo:

—Empiezo a tener miedo de mí misma.

Escondió la botella en el zapatero de su cuarto. El que Santiago ya no fuera a almorzar le proporcionaba la tranquilidad que necesitaba, pero también era un arma de doble filo.

Se preparó para comer una cosa ligera y con el plato sobre las rodillas comió en el salón, que de verla Santiago sería motivo para una discusión. Miriam comía en el salón, pero su mente estaba en la bebida que había comprado y, arrastrada por la necesidad, subió y sacó la botella. Bebió uno, dos, tres, cuatro tragos. Se limpió la boca con el puño del jersey, eso ya era costumbre en ella, y la volvió a guardar. El coñac que entró en su estómago le dio más confianza en sí misma.

Con el material necesario para preparar las clases y dispuesta a trabajar, pensó por dónde debía empezar. El tiempo pasaba y no había conseguido pulsar ni una sola tecla del ordenador, estaba bloqueada. Algo que no alcanzó a ver cruzó por la habitación. Se asustó y gritó, quiso levantarse, pero las piernas no le respondieron. De repente aquello se posó sobre su hombro haciéndole gritar más fuerte. Luego se le enroscó en la garganta, apretándola e impidiéndole la respiración. Veía como la vida se le iba. ¿Cuánto tiempo estuvo Miriam atrapada en la cueva del dragón? Cuando reaccionó, sin apenas poder respirar, un sudor frío que le brotaba de la frente se mezclaba con el olor del sudor agrío que fluía de su cuerpo. Y notó que un líquido caliente bajaba por sus piernas.

La puerta de la calle se abrió y entró Santiago. Al pasar delante de la puerta del despacho vio la luz encendida y se detuvo. Aquella parada de Santiago delante de la puerta la golpeó en las sienes. Bajó los ojos y se vio el pantalón manchado de orina. Miriam sintió asco de sí misma. Un sentimiento de culpabilidad la hizo estremecerse.

A oscuras y en silencio, repugnada por la imagen del pantalón mojado, subió la escalera y entró en el cuarto echando la llave. Sacó la botella y bebió varios tragos con ansiedad. La humedad que notaba en las piernas fue un detonante para que la botella se le cayera y se rompiera. Enseguida oyó una voz decir: «¿Qué has hecho, insensata? Tendrás que comprar otra». La voz que oyó era sobrecogedora y tuvo miedo. Miró a su alrededor temiendo encontrar al dragón, pero no estaba, el dragón estaba en la cocina. Recogió los cristales y con papel del váter limpió el líquido. Miró el reloj, si se apresuraba podría comprar una botella en alguna tienda de veinticuatro horas. Tan solo pensarlo la hizo sentir bien. Abrió la puerta decidida a hacerlo, bajó la escalera y al salir a la calle una voz la detuvo: «No lo hagas, Miriam, ahora tienes la oportunidad de liberarte de la cadena que te ata a la botella. No sigas la senda que Santiago te ha marcado. Sé valiente y enfréntate sobria al dragón, solo así podrás apagar su fuego».

CAPÍTULO 28

A la mañana siguiente Miriam salió de la casa más temprano para ir a la facultad, tenía el propósito de hablar con Crespo, le preocupaba lo que le había sucedido en el despacho. ¿Estaba tan enganchada al alcohol como para tener alucinaciones? ¿O sería producto del sometimiento de Santiago? Fuese cual fuese la respuesta, se estaba volviendo loca.

Cuando llegó a la facultad se dirigió a la consulta de Crespo. La secretaria le informó de que el psicólogo estaba en París en unas conferencias y tardaría en regresar tres días. La noticia la alegró.

Lola, al verla salir de la consulta del psicólogo, le hizo una seña con la mano.

—Crespo no está —dijo Miriam.

—Durante la noche he pensado y estoy convencida de que fue Santiago quien te llamó.

—¿Qué te hace pensar eso? ¿Has preguntado a tu primo?

—No, pero tengo la corazonada de que fue él.

Eduardo Azpeitia, al verlas, se acercó a ellas.

—Buenos días, ¿qué estáis tramando? —dijo.

—Algo de lo que tú vas a ser cómplice —dijo Lola.

—¿A quién hay que asaltar?

—Marca este número —dijo Lola.
Lo marcó.
—No contestan.
—Cuelga —dijo Miriam en voz baja.
—¿Qué ocurre? —preguntó Azpeitia.
—Olvídalo —dijo Miriam.
—Alguien le está gastando bromas por teléfono —terminó por decir Lola.

***

Santiago estaba con un marchante en un bar cercano a la galería.
—¿Santori ya no trabaja para usted? —preguntó el marchante.
—¿Por qué lo pregunta?
—Porque quiero proponerle que exponga en el hotel Ritz una retrospectiva de su obra.
—¿Tiene su número de teléfono? —preguntó Santiago.
—No, pero estoy seguro de que usted me lo puede dar.
—Sí, y debería de llamarlo ahora, tiene la agenda muy apretada.
Santiago, al darle el número, esperaba impaciente el resultado de esa llamada.
—¿Está seguro de que este es el número? —preguntó, con el teléfono en la mano.
—Yo siempre lo llamo a ese número, ¿por qué?
—Porque este número no tiene línea.
—Le aseguro que no tiene otro, al menos que yo sepa —afirmó Santiago.
—Está bien, lo intentaré en otro momento.
En el hospital, Fernando contaba las horas que faltaban para abandonar aquella habitación. Aunque todavía no sabía si serían horas o días. Estaba recuperado y había tenido tiempo

para reflexionar que la vida que le quedara quería pasarla junto a Miriam.

Fernando estaba leyendo cuando Arroyo entró en la habitación.

—Qué bueno, inspector, que haya venido, me moría de ganas de hablar con alguien.

—Le traigo buenas noticias.

—Me marcho.

—Sí, pero no hoy, ha de esperar dos días más.

—Pasado mañana. ¿No se echará atrás, me da su palabra?

—Le doy mi palabra. Ahora bien, si tiene una recaída ahí yo no puedo hacer nada —dijo el inspector riendo.

—Por eso no se apure, estoy como un roble.

—Recuerde que no debe ir a su casa por un tiempo.

—Por supuesto.

—¿Tiene adónde ir? Deberá darnos una dirección para estar en contacto con usted.

—En un momento pensé en Santiago, pero he desechado la idea. No sé, quizá vaya a Soria, alquilaré un apartamento en la Sierra de Urbión.

—No está mal la idea —dijo Arroyo.

Pasaron los dos días. En la habitación de Fernando entraron el médico y el inspector.

—Bueno, llegó el momento de abandonar el hospital —dijo el inspector Arroyo.

—He soñado tanto con este momento que no me lo creo.

—Siga mis instrucciones. Tiene mi número particular, si necesita cualquier cosa no dude en llamarme —dijo el médico.

—Descuide, haré cuanto me ha dicho. ¿Puedo hacer ahora esa llamada? —preguntó Fernando mirando al inspector Arroyo.

—Sí. Ya sí puede hacerla.

—Será mejor que lo dejemos solo —dijo el médico entregándole su móvil.

Fernando se acercó a la ventana y miró a la calle.

—En escasos minutos estaré yo también bajo el cielo de la mañana celebrando que he vuelto al mundo de los vivientes —se dijo a sí mismo.

***

Santiago se levantó esa mañana con más prisa que de costumbre y cogió de su despacho unos documentos que había firmado la noche anterior. Miriam permanecía encerrada en su habitación aguardando a que él se marchara, llevaba tres días sin probar un solo trago de coñac y era feliz sin la necesidad de beber. Entreabrió la puerta y Santiago no estaba en el dormitorio y abajo no se oía, convencida de que se había ido salió del cuarto.

Estando en la cocina se oyó el móvil de Santiago, el ring venía de su despacho. Con curiosidad por saber quién llamaba cogió el móvil, y sin contestar esperó a que hablaran del otro lado.

—Santiago, soy Fernando, no he podido contactar antes contigo.

—No soy Santiago —dijo ella.

—Miriam, qué alegría me da oír tu voz. Cuánto he soñado con este momento.

—¿Y por qué no me has cogido el teléfono? No quiero saber nada de ti.

—Miriam, por favor, no cuelgues, estoy llamando desde un hospital, el teléfono es del doctor. Es una historia muy larga.

—¿Y crees que puede interesarme oírla?

—Necesito tu ayuda, ¿puedes venir a recogerme?

Miriam se quedó en silencio.

—Miriam, ¿sigues ahí?

—¿En qué hospital estás?

—Estoy en el Hospital General Universitario.

—No conozco ese hospital.

—No estoy en Madrid.

—Entonces, ¿dónde estás?

—En Alicante, ya te he dicho que es una historia larga. No podrías imaginártela.

—Yo no me imagino nada. ¿Quieres que vaya a Alicante?

—Si no fuera necesario no te lo pediría.

—Se lo pides a Santiago.

—Miriam, por favor, te necesito.

—Está bien, me iba a la facultad, pero llamaré poniendo una excusa. Espero por tu bien que en verdad sea lo que dices.

—Miriam, no te miento —dijo.

Miriam borró del móvil la llamada de Fernando, Santiago nunca sabría que lo había llamado. Y puso rumbo a Alicante.

Santiago fue a llamar al comisario y vio que se había dejado el móvil en la casa. Fue a por él y al cogerlo olió el perfume de Miriam.

—Maldita zorra, ¡¿con quién has hablado?! —gritó.

Buscó la última llamada y el número registrado era del marchante con el que se había citado para hoy.

—¿Qué buscabas en el móvil, acaso alguna llamada de Fernando?

***

Miriam llegó a Alicante y conectó el GPS para buscar la dirección que Fernando le había dado. Entró en el hospital y vio a Fernando sentado en la sala de espera. Al verla se levantó y fue a besarla, ella apartó la cara.

—Has venido.
—Ya ves.
—¿Dónde tienes el coche?
—Cerca de la entrada.
Subieron al auto.
—¿Adónde te llevo? —preguntó ella.
—Lejos de Alicante
—A Madrid, a tu casa.
—No, a Soria.
—¿A Soria? Estás loco.
—Por favor, Miriam, mi vida corre peligro.
—¿Ese es el cuento que tenías preparado?
—No me has preguntado por qué estoy en el hospital, ¿no quieres saberlo?
—Tienes razón, perdona —dijo—, son los nervios.
—Por favor, vamos a Soria.
—Está bien. Conduce tú.
—No, no puedo.
De camino a Soria, Fernando le contó lo sucedido, o al menos lo que pudo contarle. Ella no daba crédito a lo oído.
—Cuánto lo siento —dijo Miriam.
—Y yo siento más haberme separado de ti.
—Estoy decidida a dejar a Santiago, mi vida ha sido un infierno después de tú dejarme.
—¿Qué te ha hecho ese mal nacido?
—No hablemos de eso ahora.
Fernando cerró los ojos y se quedaron en silencio.
Después de dos horas de trayecto encontraron un bar de carretera.
—Hagamos una parada, necesito ir al baño —dijo Miriam.
—No, continuemos.
—No me puedo aguantar.

—Haz un esfuerzo.

Miriam, decidida, detuvo el coche. El recuerdo de los pantalones mojados la aterró.

—Voy a entrar.

En menos de cinco minutos salía con una bolsa en la mano.

—¿Qué has comprado?

—No sé tú, pero yo necesito un café.

En la bolsa había dos cafés en vasos de plástico y unos bollos. Fernando cogió el café, pero no el bollo, Miriam se tomó el café e inició la marcha.

—Una vez que lleguemos a Soria, ¿qué hacemos? —preguntó.

—Coger la carretera que indique los Picos de Urbión, están a menos de dos horas.

—Esto no es lo que me dijiste por teléfono.

—He de desaparecer por un tiempo, ya te lo he dicho. Ese será un lugar seguro.

—¿Dónde piensas parar?

—Alquilaré un apartamento.

—Me has dicho que perdiste la cartera con tus documentos, ¿cómo vas a realizar la operación? ¿O quieres que lo haga también por ti?

—¿Lo harías?

Miriam se quedó pensando la respuesta, ¿qué podía decirle?

—¿Tan importante es para ti?

—Mi vida depende de esto.

—Está bien, lo haré. Espero que Santiago no se entere, nos mataría a los dos.

—No será necesario, el inspector me entregó una copia de mis documentos. Me ha gustado tu gesto, eso significa que me sigues queriendo.

—Tenías razón al decir que Santiago nos estaba vigilando.

—Aún no me has dicho qué te ha hecho.

—No es el momento, ya habrá tiempo.

Llegaron a la sierra y Fernando alquiló un apartamento junto al río Duero.

—¿Cuánto tiempo piensas quedarte?

—No sé, lo he alquilado por cinco meses, espero poder regresar antes a mi casa.

—Necesitarás ropa, cosas de aseo. Hazme una lista y te las compro en Soria.

—No te preocupes, ya lo haré yo. Me gustaría que te quedaras conmigo esta noche —dijo Fernando.

—No puede ser, debo marcharme ya, no quiero llegar muy tarde a Madrid.

—Anota el número de teléfono del apartamento. Sabes que no tengo por ahora móvil. Cuando llegues me llamas.

—No. Te llamaré mañana desde la facultad.

—Nunca podré agradecerte lo que has hecho por mí. Espero que pronto podamos sentarnos tranquilos y hablar de nuestro futuro, quiero vivirlo contigo.

—Debo irme, cuídate.

—¿No me das un beso de hasta pronto?

—Adiós, Fernando.

Lo dejó apoyado en el quicio de la puerta, mirando cómo se iba.

Miriam entraba en Madrid bien entrada la noche. Cuando Santiago llegó a la casa y no la vio, subió al dormitorio de ella y abrió el armario; la ropa y los zapatos estaban en su sitio, y eso lo tranquilizó. La esperaba tumbado en el sofá, oyó abrirse la puerta. Miriam entró y colgó la chaqueta en la percha, rápidamente subió a su dormitorio y echó la llave. Aunque tenía hambre, pues hacía horas que ella y Fernando comieron en un restaurante cerca del apartamento, se aguantó y no bajó a la cocina, temiendo a Santiago.

Pasó la noche pensando en la historia que le había contado Fernando, la encontraba tan irreal que dudaba que toda ella fuera cierta, pero le confirmó que lo de la cena fue una mala jugada de Santiago para humillarla. Lo bueno de todo era que no existía ninguna francesita en su vida.

CAPÍTULO 29

El nuevo día que amaneció quizá fuera igual a todos los días o quizá fuera diferente. Como todos los días, Miriam se levantó y se arregló, pero lo que lo hizo diferente fue el bajar la escalera sin asegurarse de que Santiago no estaba en la casa. Llevaba la vista gacha pensando en Fernando y se topó con los pies de Santiago. Sobresaltada, levantó la mirada encontrando en frente al dragón. Intentó retroceder, pero él fue más rápido y llevó la mano a su cuello, la apretó. Los ojos empezaron a dolerle, querían escaparse de sus córneas. El dragón la empujó hacia atrás y, atrapada en la pared, con la otra mano la abofeteó con tal furia que le partió el labio.

—¿Dónde estuviste ayer?

Miriam fue a hablar, pero él la cortó.

—No me digas que en la facultad porque no es cierto. Lola te llamó preguntando qué te sucedía.

—¿Cómo sabes eso? —dijo a media voz.

—Porque yo lo sé todo de ti, no hay paso que des que no sepa.

Miriam se vio invadida por el pánico. El dragón estaba dispuesto a devorarla.

—¡Estoy esperando la respuesta! —le gritó al oído.

Miriam se esforzaba por hablar, pero se quedó muda. Santiago volvió a abofetearla, le zarandeó la cabeza y la agarró del pelo. Miriam exhaló un estridente grito. El dragón con los ojos ensangrentados avivó su llama. Arrastrándola la subió a su habitación gritando que le diera la llave, ella le dijo que la tenía abajo. Santiago la soltó bruscamente, haciendo que cayera al suelo. Miriam se ovilló. Cuando regresó con el llavero, le dio un puntapié y ella levantó la cabeza

—Busca la llave.

La mano de Miriam temblaba tanto que el llavero se le cayó. Santiago volvió a darle otro puntapié, diciendo:

—Recógelo.

Abrió la puerta. Levantó a Miriam del pelo y la empujó hacia adentro y luego echó por fuera la llave.

Miriam golpeaba la puerta gritando:

—¡Déjame salir! No puedes encerrarme, ¡hijoputa!

—Sí que puedo, y estarás encerrada hasta que me digas dónde estuviste ayer todo el día. Cuando te decidas a hablar te abriré, pero piensa bien lo que vas a decir si no quieres empeorar aún más tu situación.

Santiago la dejó encerrada y se marchó a la galería.

A Miriam le dolía la garganta y el labio seguía sangrándole. Entró en el baño y al mirarse en el espejo se vio la cara amoratada y asustada se la cubrió con las manos.

Se echó en la cama llorando, pensando qué explicación daría a Santiago. Si al menos tuviera el móvil para llamar a Lola, le preguntaría si realmente habló con él o si era otra de sus mentiras.

Cansada de llorar, intentó abrir la puerta, pero fue inútil. La desesperación se apoderaba de ella conforme pasaban las horas. De pronto cayó en la cuenta de que le dijo a Fernando que lo llamaría por la mañana, eran ya casi las seis de la tarde y no lo había hecho, pero ahora no podía pensar en eso, tenía que buscar una respuesta para Santiago.

Cuando llegó Santiago, este hizo el ruido suficiente para anunciarle su regreso. Miriam, estremecida, aguardaba el momento en que él abriera la puerta.

Eran las doce y media cuando Santiago subió al piso de arriba. Miriam lo oyó subir la escalera y detenerse, y esperando que abriera la puerta se abandonó a su suerte. La habitación se llenó de una espesa niebla que como grilletes aprisionaba su cuerpo impidiéndole respirar, con aquella opresión perdió la visión, entrando en una noche oscura. Aterrada como una niña se sentó en el suelo. Cada segundo que pasaba los grilletes le apretaban más. El tiempo permanecía inerte. Miriam, estrangulada por las cadenas, suplicó que la puerta se abriera para acabar de una vez. Inmersa en su oscuridad perdió la conciencia y se desvaneció.

Fernando pasó inquieto la mañana esperando la llamada de Miriam. Por la tarde salió de compras y al regresar le dio al buzón de voz del teléfono, Miriam no había llamado. Por su cabeza pasaron infinidad de pensamientos, temiendo que Santiago la hubiera descubierto. La habría llamado él si ella no le hubiera dicho que no la llamara.

Santiago se despertó con el propósito de saber dónde había estado Miriam. Estaba dispuesto a arrancarle la respuesta, aunque fuera a latigazos.

Miriam seguía acurrucada en el suelo con el cuerpo entumecido. Al oír las pisadas de Santiago, como pudo se levantó y se encerró en el baño. La puerta de la habitación se abrió y entró, dio una patada a la puerta del baño, Miriam comenzó a gritar como una loca.

—Espero que tengas ya la respuesta —dijo.

Miriam temblaba y la nariz le sangró otra vez.

—Estoy esperando —volvió a decir, con los ojos ensangrentados.

El dragón se dispuso a devorarla. Santiago la cogió del cuello y la sacó del baño; la tiró a la cama y la violó de nuevo. Miriam ni siquiera se resistió, no le quedaban fuerzas. El dragón devoró lo poco vivo que quedaba en ella y la dejó en un charco de sangre. A Miriam nada le importaba ya. Las horas pasaban y continuaba ausente, perdida.

Con la luz de las primeras estrellas que entraban por la ventana, Miriam recuperó la conciencia con el cuerpo destrozado. La violencia que Santiago propinó a su cuerpo la dejó acabada, hecha ceniza. Intentó aliviar su cuerpo con el agua de la ducha. Salió del baño desnuda de esperanzas, consciente de que esto no había terminado, era solo una pausa para el dragón.

¿Qué motivo llevó a Miriam a girar el pomo de la puerta? Tal vez ninguno, simplemente lo giró y la puerta se abrió. La puerta quedó abierta y con ella la posibilidad de escapar. La casa estaba a oscuras, signo de que Santiago no estaba, y alumbrada con la escasa luz que entraba de fuera bajó la escalera y salió a la calle. El coche estaba frente a la puerta, en el mismo lugar en el que ella lo dejó. Se montó y arrancó a toda velocidad en dirección a Soria.

Santiago llegó a la casa y subió la escalera, al pasar por la puerta del cuarto no vio nada extraño y entró en su dormitorio.

***

Miriam condujo toda la noche hasta llegar a Soria.

Fernando no consiguió coger el sueño pensando en ella. Era de madrugada cuando el timbre de la puerta sonó. Sobresaltado por quién podría ser, antes de abrir miró por la mirilla, vio que era ella.

—¡Dios mío! Miriam, ¿qué te ha sucedido? —exclamó al verle la cara amoratada y el labio partido—. Ha sido él, ¿verdad? ¿Cómo has llegado hasta aquí?

—He venido en el coche.

—¿Has conducido en este estado? —Ella afirmó con la cabeza—. Ven, será mejor que te eches en la cama.

El cansancio venció a Miriam, pero su inconsciente seguía viviendo su pesadilla. Se sentó en la cama gritando, protegiéndose la cara. Fernando al verla la abrazó e intentó calmarla, pero por dentro se lo comía la rabia. Sufría por ella.

***

Al día siguiente, Santiago se marchó a la galería sin saber que Miriam no estaba en su habitación.

Hablaba con un empleado cuando le sonó el móvil. El comisario quería hablar con él. Llevado por la impaciencia, Santiago dejó todo y fue a comisaría.

—Siéntese, señor Botello.

—Espero que tenga buenas noticias —dijo Santiago.

—El señor Santori ha sido dado de alta.

—¿Cuándo ha sido eso?

—Me lo acaban de comunicar.

—¿Sigue en Alicante?

—Esa pregunta no se la puedo responder.

—Entonces, ¿quién me la puede responder?

—Tampoco lo sé.

—Es poco lo que sabe, comisario. Esperaba más de usted por la urgencia con que me ha hecho venir.

—Creí que le gustaría saberlo.

—Es poco lo que me ha dicho —dijo levantándose.

Cuando Santiago dejó el despacho, el comisario se quedó pensativo, no le agradó la reacción de Botello. Mostraba un especial interés por saber dónde se encontraba Fernando.

En la calle, Santiago echó sus cuentas: «Quizá no le hayan dado el alta hoy como dice el comisario sino hace unos días, esto justifica que realmente no sepa dónde está Fernando. Si esto ha sucedido así, Miriam se vio con él». La cólera lo cegó y se dirigió a su casa dispuesto a arrancarle a Miriam la respuesta que quería oír. Sin pensarlo, cambió de dirección. En la puerta de entrada al bloque de Fernando estaba el portero, que al verlo lo reconoció.

—Señor Botello, ¿en qué puedo ayudarle?

—Vengo a ver al señor Santori.

—El señor Santori no está.

—¿Sabe cuándo regresará?

—No me lo ha dicho.

—Está bien, regresaré en otro momento

Santiago también sacó su propia conclusión: «No cabe duda, este cabrón está ya en Madrid».

Regresó a la galería y se encerró en su despacho, de la caja fuerte cogió una pistola y la guardó en un maletín. Le dijo a Jorge que cerrara él la galería.

CAPÍTULO 30

En la sierra de Urbión, Miriam aún dormía. Fernando había preparado de comer para cuando despertara.

Sentado en la terraza pensaba en todo el sufrimiento que sin querer le había hecho padecer a Miriam, tan ensimismado estaba en su pensamiento que no advirtió su presencia.

—¡Qué paz se respira! —dijo ella.

Fernando volvió la cabeza y la encontró más relajada.

—¿Te encuentras mejor?

Ella no contestó, le sonrió y acercándose lo abrazó, besándolo en la mejilla.

—¿Esto es todo? —dijo él.

—Por ahora no me pidas más.

—Tranquila, no voy a pedirte nada, pero quiero que me cuentes qué te ha hecho el mal nacido.

Miriam echó el cuerpo sobre la barandilla y con la mirada perdida en el infinito horizonte que divisaba por encima de las montañas le contó con todo detalle el engaño de la cena, los golpes y las violaciones. Fernando se incorporó y apretó los puños sin decir nada. Luego la abrazó.

—Perdóname, nunca quise hacerte tanto daño. Si me alejé de ti fue precisamente para evitarlo, pero veo que me he equivocado. Lo siento.

—No te culpes, el único culpable es él. Tengo mis días contados, juró que me mataría, y no parará hasta que lo consiga.

Fernando miró a Miriam con las pupilas cargadas de ternura, ocultando su furia.

—No te volveré a dejar, tendrá que matarnos a los dos.

—No puedo ocultarme toda la vida —dijo ella llorando.

—Solo hasta que se resuelva este asunto, después nos iremos de España.

El teléfono del apartamento sonó y Miriam se sobresaltó.

—Tranquilízate, nadie sabe que estamos aquí.

Fernando lo cogió:

—Dígame.

—¿Cómo se encuentra? No olvide que no debe hacer vida social.

—¿Cuánto tiempo más tendré que ocultarme?

—El necesario, ya se lo dije, pero espero que pronto termine su secuestro —dijo el inspector.

Cuando Fernando colgó el teléfono, Miriam dijo:

—Realmente la situación es grave.

—Eso parece, pero no tienes de qué preocuparte.

—Debería llamar a Lola y decirle que no iré a la facultad por ahora, aunque me incoen un expediente.

—No, nadie debe saber que estamos aquí, no olvides que son dos los enemigos que tenemos.

—Tienes razón.

***

Cuando Santiago llegó a la casa era ya tarde, había sido un día largo y estresante. Dejó la pistola en el cajón de la mesa de su despacho, desde la escalera vio luz en el cuarto de Miriam, al pasar por la puerta no se detuvo, solo pensó: «Lleva tres días sin probar bocado, unos días más y me lo cuenta todo». Se metió en la cama e intentó dormir.

Por la mañana, se levantó inquieto pensando en la bandada de pájaros negros con los que había soñado. Se fue sin desayunar, lo apremiaba el deseo de saber cómo interpretar el sueño o, mejor dicho, la pesadilla.

En su despacho buscó en el índice del libro de interpretación de los sueños y efectivamente, lo que leyó lo dejó más desconcertado aún. Hasta tal punto que regresó a la casa. Para abrir la puerta del cuarto de Miriam no necesitó llave, con girar el pomo bastó. La cama estaba desecha y todo igual que el día que la forzó. Una descarga eléctrica corrió por su cuerpo y le erizó los pelos.

—¡Miriam! —gritó desesperado.

Miriam no estaba, Miriam había huido. Miriam se había bur lado de él.

Bajó la escalera corriendo y del cajón de la mesa cogió la pistola. Cuando llegó al domicilio de Fernando el portero no estaba, subió al apartamento aprisa, convencido de que Miriam se encontraba allí. Sin prender la luz del pasillo, con cuidado de no ser oído por los de adentro y utilizando una llave maestra entró. Con cautela y con la pistola en la mano fue directamente al dormitorio, deseaba, más aún, había soñado muchas veces con pillarlos in fraganti, hoy sería el día de su venganza. De una patada abrió la puerta y apretando el gatillo disparó una, dos veces, y creyéndolos muertos respiró. En su ofuscamiento, Santiago no vio que la cama estaba vacía, fue después de unos minutos cuando volvió en sí.

—¡¿Dónde estás, puta?! —gritó enloquecido—. ¡Aunque te escondas debajo de las piedras, te juro que te encontraré!

Herido en su orgullo se disponía a salir cuando llamaron a la puerta. Creyendo que era Miriam, con el gatillo de nuevo apretado, abrió. Apenas unos segundos tardó en caer al suelo. Santiago caía con dos tiros en su cuerpo, uno en la cabeza y otro en el corazón. Dos encapuchados salieron huyendo.

Era media tarde cuando el comisario desde Madrid llamaba a Fernando.

—Lamento decirle que en su apartamento se ha cometido un crimen.

—¿Un crimen en mi apartamento, comisario? Me niego a creerlo, debe de haber un error.

—Me gustaría equivocarme, pero ciertamente ha sucedido.

—¿Quién ha muerto?

—Por extraño que parezca la víctima es Santiago Botello.

—¿Santiago asesinado, y en mi casa? No entiendo nada.

—Eso no es todo —dijo el comisario.

—Pero ¿hay más?

—Botello llevaba una pistola cuando lo encontramos.

La noticia dejó a Fernando sin aliento.

—¿Se sabe quién lo ha matado?

—Su muerte ha sido por error, iban a por usted y se confundieron de persona. Suponemos que son terroristas.

—¡A por mí! Entonces la pesadilla aún no ha terminado.

—Parece ser que no. Lo que me inquieta es que Botello estuviera en su casa con una pistola y hubiera realizado dos disparos en su cama.

Esto último inquietó a Fernando, que tras unos minutos callado dijo:

—Comisario, ¿podría venir? Tenemos que hablar.

—Sí, será lo más conveniente para resolver el asunto.

Fernando para sí se dijo: «Demasiadas perrerías a Miriam no merecían otro final». Lo difícil ahora era darle la noticia.

—Miriam, ¿puedes venir? —dijo de pie, echado en la barandilla de la terraza.

—¿Qué te ocurre? —preguntó preocupada—. Estás pálido.

—Siéntate, tengo algo que decirte.

—Me estás asustando.

—Santiago ha muerto.

Lo que Fernando acababa de decirle le provocó risa.

—No te creía tan bromista.

—No es una broma, hablo muy en serio. Acaba de comunicármelo el comisario.

La risa de Miriam se volvió histérica. Fernando, zarandeándola, le dijo:

—¡Miriam, basta ya!

Ella se calló y se quedó inmóvil, sin pestañear, luego mirándolo dijo:

—He tenido una pesadilla, Santiago estaba muerto y yo lo cubría con pájaros negros.

—Tu sueño se ha hecho realidad, Santiago ya no está. Tu tortura ha terminado. No te hará más daño.

—¿Cómo ha muerto?

Fernando le contó lo que el comisario le había dicho.

—Iba a cumplir su promesa de matarnos —dijo Miriam.

—Y ha tenido el mismo final que tenía pensado para nosotros —añadió Fernando.

A la mañana siguiente, el comisario se presentó en el apartamento.

—Ella es Miriam. Tiene algo que contarle.

El comisario la miró y le dijo:

—Soy todo oídos.

—Los dejaré solos para que hablen —dijo Fernando.

—No, por favor, quédate —le suplicó ella.

Fernando permaneció de pie. Ella no sabía por dónde empezar, fue Fernando el que, al verla perdida, le dijo cogiéndole la mano:

—Vamos, Miriam, sé valiente y cuéntale al inspector el infierno que has vivido.

Miriam le contó todo al comisario, fue vaciando su interior de cada uno de los tormentos que había sufrido.

—Esta es mi historia al lado del dragón —dijo al terminar.

—Me alegro de haber oído su historia. Eso explica la insistencia en saber en qué hospital estaba usted, quería matarlo. Vi algo extraño en su comportamiento, por eso no le dije dónde estaba, y advertí también al detective privado que contrató que dejara la investigación. Cuando nos dieron el aviso del suceso y nos presentamos en su domicilio, al encontrarle la pistola me dirigí a la galería y registré su despacho, y encontré varias fotos de ustedes agujereadas y un mechero con sus nombres grabados. No le dije antes nada porque quería oír su versión. Miriam, ya puede vivir tranquila, ha vencido al dragón —le dijo el inspector.

—¿En cuanto a mí? —preguntó Fernando.

—A usted le aconsejo que se vaya de España, aquí no estará seguro, ya ha habido demasiadas muertes. ¿No cree?

—Nos iremos a Nueva York, siempre he querido vivir allí. Siento que por mi culpa hayan muerto personas.

—En ningún momento debe sentirse culpable, usted ha sido una víctima más del terrorismo.

—¿Miriam tendrá que ir a comisaría a declarar? —preguntó Fernando.

—A Santiago no se lo puede juzgar por intenciones y no tiene sentido denunciar cuando el denunciado está muerto. Fernando, he de confesarle que he llegado a pensar que su secuestro pudo ser ideado por él, pero eso nunca lo sabremos.

FIN

ÍNDICE

CAPÍTULO 1 11
CAPÍTULO 2 22
CAPÍTULO 3 27
CAPÍTULO 4 33
CAPÍTULO 5 39
CAPÍTULO 6 45
CAPÍTULO 7 49
CAPÍTULO 8 55
CAPÍTULO 9 60
CAPÍTULO 10 64
CAPÍTULO 11 67
CAPÍTULO 12 73
CAPÍTULO 13 76
CAPÍTULO 14 78
CAPÍTULO 15 83
CAPÍTULO 16 87
CAPÍTULO 17 93
CAPÍTULO 18 97
CAPÍTULO 19 102
CAPÍTULO 20 107
CAPÍTULO 21 110
CAPÍTULO 22 115
CAPÍTULO 23 119
CAPÍTULO 24 128
CAPÍTULO 25 132
CAPÍTULO 26 139
CAPÍTULO 27 146
CAPÍTULO 28 154
CAPÍTULO 29 163
CAPÍTULO 30 169

Este libro se terminó de editar en Granada
en marzo de 2024 por

Aliarediciones

www.aliarediciones.es

info@aliarediciones.es